ほたるいしマジカルランド

寺地はるな

Haruna Terachi

ポプラ社

ほたるいしマジカルランド

装画　福田利之
装幀　岡本歌織（next door design）

contents

月曜日

MONDAY

Sae Hagiwara

萩原紗英

朝は白い。いつもそうだ。空だけでなく、目にうつるすべてのものが淡い。すれ違う人の顔も、遠くに見える建物もすべての輪郭が昼や夜よりすこしぼやける。でもそれは、ただ目が完全に覚めきっていないせいかもしれない。電車の吊革につかまりながら、紗英はそんなことを考えている。

血圧が低いせいか、朝起きるのが異様につらい。目が覚めてから布団を出るまで、十数分かかる。布団の中でゆっくりと手首や足首を動かしてからでないと、起き上がることもできない。どうにかこうにか布団から這《は》い出てからも、身体《からだ》はしばらくだるい。頭がぼうっとして、なにか話しかけられても内容の半分も理解できない。

そんなふうだから朝食などただの作業に近かった。苦行と言ってもいいぐらいだ。味のわからないパンやらサラダやらをただ機械的に口に運び、嚙《か》んで飲みこむ。

食べなければよいではないかと自分でも思うが、それは母が許さない。母は「まっとうな人間は朝食をしっかりとるものだ」とかたくなに思いこんでいて、家族の誰かが朝食を抜くことをぜったいに許さない。相手が紗英でも父でも弟でも「ひとくちぐらい食べていきなさい」とこわい顔でずいずい迫る。

「紗英は昔からごはんを食べるのが遅い」

今朝も母はため息をついていた。彼女にほめられたことは、ほとんどない。子どもの頃はもとより、社会人になってからも毎朝呆《あき》れられてばかりいる。休みの日は寝てばっかりだとか、仕事終わりに遊びに行く彼氏もおらんのかとか、そういうパターンもある。もちろん「うるせえな」と思っているが、食事の用意も洗濯も母に任せきりの現状、口答えもしづらい。

食べるのが遅い人間は出世しない、とも、母はよく口にする。せやから紗英は社長にはなられへんと言う時もある。眉唾ものである。世界の実業家はすべて早食い王なのだろうか。マーク・ザッカーバーグも？

電車のアナウンスが紗英の降車駅の名を告げる。ふしゅう、という音とともにドアが開いて、ホームに押し出される。『ほたるいしマジカルランドまであと５２９歩』という巨大な看板を横目に、改札を通り抜けた。

紗英の視界はあいかわらず白い。かつて友人から「夜通し遊んだ朝は太陽が黄色く見える」と聞かされた時、意味がわからなかった。黄色い、とはどういうことか。夜通し遊ぶ、の詳細も謎だった。いったい朝までなにをしているのか。夜を徹して踊ったりするのか。ダンシングオールナイトなのか。わからない。紗英は睡眠時間が不足するとすぐに体調を崩すので夜更かしはしないことにしている。

「紗英はまじめやから」

友人たちはそう言って笑うが、ただ体質が羽目をはずすことに向いていないだけだと紗英自身は思っている。不良になるにも体力が必要だ。

大阪北部に位置するこの蛍石《ほたるいし》市は、古い住宅やマンションが並ぶ静かなところだ。駅を背にして角を曲がると、もう観覧車が見えてくる。紗英たちは観覧車ではなく『サファイアドリーム』という名称で呼んでいる。ほたるいしマジカルランドのアトラクションの多くは、石の名前がつけられている。「市の名前にちなんで」ということになっているが、おそらくは社長の趣味なのだろう。社長の石好きは有名で、自宅には鉱物標本のコレクションを保管するためだけの部屋があると聞く。

社長の両手の指十本のうち八本には、常に石のついた指輪がぎらぎら輝いている。見るたび違う。いったいどれだけの数の指輪を所有しているのか、想像もつかない。

成金って感じ、と陰口を叩《たた》く人もいるが「これええやろ、梅田《うめだ》で二千八百円で買《こ》うてん」と自慢したりもするので、成金と呼ぶのもちょっと違う気がする。

今日もまた一日がはじまる。朝に思い浮かべる「一日」は永遠と錯覚しそうに長い。はじまってしまえば、あっというまに終わるものなのだけれども。

ほたるいしマジカルランドのインフォメーション。それが紗英の現在の職場だった。業務内容は迷子の預かり、落としものの受付、その他諸々《もろもろ》。

諸々、としか言いようのない細かな業務を日々こなしている。大学に入った年に、ほたるいしマジカルランドでアルバイトをはじめた。その頃はインフォメーションではなくアトラクションの担当で、ジェットコースターやらおばけ屋敷やら、いろいろ任された。そろそろ就職活動をはじめなければというタイミングで、総務部長から社員登用試験を受けないかと誘われ、社員になった。社員になってからはずっとインフォメーションの担当で、もう五年目になる。

　大学生の頃、演劇サークルに所属していた。先輩から「役者を目指す人なら遊園地とかテーマパークでバイトするの、おすすめ。人前に出るトレーニングにもなるし、いろんな人が来るから人間観察にもいいよ」と熱弁を揮《ふる》われ、じゃあためしに応募してみようかな程度の軽い気持ちで『ほたるいしマジカルランド』の面接を受けた。「軽い気持ち」で足を踏み入れた場所に、今もまだ留まっている。

　通用口を抜けたら、かすかに菊のさわやかな香りが鼻をくすぐった。季節の花が楽しめること。ほたるいしマジカルランドの特徴を挙げよと言われたら、紗英はまずそう答えると思う。山を切り開いてつくった遊園地だ。園内のあちこちに傾斜と木々が残っている。アトラクションではなく花見を目的に来る客もいる。春には桜。梅もいい。今は秋薔薇《ばら》と菊の時季で、園内の英国風のローズガーデン目当ての客が連日訪れる。

約六百種の異なるかたちと色合いの薔薇が競い合うように咲くローズガーデンに立ち、薔薇ごしに『サファイアドリーム』やメリーゴーラウンドの『フローライト・スターダスト』を眺めていると、異世界に迷いこんだような錯覚をおこす。

インフォメーションの脇に、巨大なかぼちゃと組み合わせた菊のアレンジメントが飾られている。白い菊はゴーストのかたちに、紫の菊は角の生えた小鬼のようなかたちに整えられていて、紗英は「ああそうか、ハロウィンか」と毎朝思うことをまた思った。

今や確実に日本に浸透した感のあるハロウィンだが、紗英自身には縁のないイベントだった。ＳＮＳなどで友人が仮装をしている画像を見ても今ひとつピンとこない。自分もやりたいなどとは思えない。「この時季になると角のついたカチューシャをしたり魔女の帽子をかぶってほたるいしマジカルランドに来るお客さんが多くなるんよなー」という程度の認識だった。ハロウィンよりはむしろ、現在園内で開催中の菊人形展のほうが気になる。

菊人形展はほたるいしマジカルランドがまだ「蛍石公園」と呼ばれていた頃、つまり昭和初期から現在まで続いている行事だった。紗英も子どもの頃祖母に連れられて見に行ったことがある。犬神家の一族やで紗英こわいなあキヒヒと意味不明にひとり盛り上がる祖母の隣で、紗英はなるべく菊人形を見ないように下を向いていた。当時の紗英にとって人形はおしなべて不気味なものであったし、「イヌガミケ」の語感も、意味がわからないくせにやけに不穏であった。

今年の菊人形展はプロジェクションマッピングと組み合わせるなどの趣向が凝らされていて、幻想的で見ごたえがあるらしい。自分の職場で開かれているイベントについてはきちんと内容を把握しておきたい、という思いがある。好きな職場でなくても、好きな仕事でなくても。

制服に着替え、髪をひとつにまとめる。あと十五分で朝礼がはじまる。

鏡の中の自分の背中が丸まっていることに気づいて、ため息をつきながら姿勢を正した。年齢を重ねるごとに、確実に姿勢が悪くなっている。みっともないなと反省しつつも、気を抜くとまた猫背になってしまう。

朝礼は毎日おこなわれる。本部の事務所はインフォメーションの傍《そば》に、アトラクション部門の事務所は園内の中ほどに位置しているため、べつべつに朝礼をおこなう。社長はそのどちらにも毎朝出席するため、開始時間が異なる。出張などの例外を除いて、社長は朝礼を欠席したことはない。従業員の顔を毎朝見ておきたいのだという。

社長のトレードマークである白いフリルつきのワンピースとつばの広い帽子のことを思い出すと、むりやり詰めこんできた朝食が胃の中でずしりと重くなった。胃もたれをおこさせるにじゅうぶんなあくの強さをもつおばさん。それが紗英にとっての社長だ。彼女のことを慕う従業員は意外にも多いのだが、紗英はその中に含まれていない。ザッカーバーグさんはともかくあの人はぜったい朝ごはんをもりもり早食いするタイプやろな、と勝手に決めつけてもいる。けっして慕ってはいない。

地方都市の、よくある地味な遊園地だったほたるいしマジカルランドがふたたび注目を浴びたきっかけとして、社長の名を挙げる人は多い。名物社長と呼ぶ人もいる。

ほたるいしマジカルランドのテレビコマーシャルに自ら出演しているせいだ。フリフリのワンピースを着たおばさんがジェットコースターで絶叫したりコーヒーカップではしゃいだりするだけのコマーシャルなのだが、なぜかこれがやたらと受けた、らしい。

受けに受けて、社長は一時期大阪のローカル番組にひっぱりだこだった。『マジカルおばさん』などと呼ばれて一躍有名になり、今でもまだほたるいしマジカルランドの公式キャラクターのように扱われている節がある。国村市子《くにむらいちこ》という彼女の名を聞いてもピンとこない人も、マジカルおばさんと聞けば納得する。「マジカマジカのマジカルランド〜♪」という間の抜けたテーマソングは関西圏で育った人間ならたいてい歌えるはずだ。好むと好まざるとにかかわらず。

社長は、もともとほたるいしマジカルランドのおみやげ売り場のパートタイマーだったという。ただのパートタイマーから社長にまでのぼりつめたくわしい経緯は紗英にはわからないが、そのエピソードもまたある種の人びとを強く惹《ひ》きつける。

　これまでに何度か「ほたるいしマジカルランドを再生させた女性」として、ビジネス誌の取材を受けている。雑誌は朝礼の際に回覧されたため、紗英もその記事を読んだ。

「ほたるいしマジカルランドはあくまで遊園地なんです。世界観をつくりこんだテーマパークではなく」とまじめなことを語る記事に添えられた写真の社長は大口を開けて笑っていて、記事に書かれていた「有能な経営者」のようには見えなかった。すくなくとも紗英の目には。

　わたしはなんにもしてへんのやけどね、みんなが優秀だっただけ。当の社長は今もそんなふうに語る。

　ただ最近、気になる噂《うわさ》がある。ほたるいしマジカルランドの広告に、女優の木村幹《きむらみき》が起用されるかもしれないという。

　噂の出所はわからないが、木村幹の出身地は蛍石市であり、なおかつ本人が「全国の遊園地めぐりが趣味」と公言し、自身のＳＮＳに日本全国（時には海外）の遊園地で自撮りした写真をアップしていることなどを考えると「なくはない」という気もする。マジカルおばさんからマジカルねえさんに変わるんかな、と同僚の香澄《かすみ》たちは毎日おもしろおかしく騒ぎ立てている。「なくはない」と思うたび紗英の心はざわつく。女優が広告に起用されることではなく、その女優が木村幹である、ということにざわつきまくる。なぜなら木村幹は紗英にとって特別な存在だからだ。

けっしてファンなわけではない。ただはじめて木村幹の映画を観た時の衝撃を、紗英はまだ鮮明に記憶している。木村幹も紗英も二十歳だった。ベストセラーになった小説が原作で、かつてカンヌ国際映画祭での受賞経験もある映画監督が撮る、ということで話題になっていた。無名の新人女優がオーディションで数千人の中から主役の座を勝ち取ったという話だった。同い年で、なおかつ蛍石市出身だと知ってがぜん興味を持ち、公開初日に観に行った。

さほど難解ではなかったはずだが、退屈な映画ではあった。二十歳の紗英はあくびを噛み殺しつつ、家族の日常風景がひたすら淡々と描かれ続ける薄暗い映像を眺めていた。他の客も退屈そうな顔をしていたが、木村幹が出てくる場面だけは違った。彼女が笑うと他の観客も笑い、彼女が涙ぐむ場面ではあちこちから洟《はな》をすする音が聞こえた。

木村幹は一躍有名女優になった。その映画でも後の出演作品でも、数多くの賞をもらっている。

もう一度鏡の前で身だしなみをたしかめ、事務所に足を踏み入れる。いつもならそこで仁王立ちしているはずの社長の姿が、今日は見えない。

「社長は？　出張？」

香澄に訊《たず》ねても、さあ、と首を傾《かし》げるだけだ。事務所の脇の会議室から営業チームの社員がわらわらと出てきて、そのまま朝礼がはじまる。

社長がいないということの他は、いたっていつもどおりの内容だった。十月も下旬にさしかかって、朝晩冷えこむようになってきました、体調管理をしっかりと云々《うんぬん》。インフルエンザの予防接種について云々。来週の日曜日からはじまるイベントについて云々、の話の時だけ、紗英はメモをとった。イルミネーションイベントの時は営業時間も変わるから、しっかりと内容を把握しておかねばならない。

年々規模が大きくなっているイベントでもある。営業チームはその準備に大わらわだ。すでに園内のあちこちに電飾の準備が施されている。今日は月曜日だからもう、あと実質六日しかない。

諸注意が済むと、今度は三分間スピーチの時間だった。毎日順繰りにひとりずつ前に出て、なにか喋《しゃべ》らなければならないことになっている。今日は営業チームの主任だ。

スピーチのテーマは「自分が好きなもの、もしくは今はまっていること」だと決まっている。好きなものについて話す時、人は自然と笑顔になる。一日のはじまりに最高の笑顔を引き出すために、と社長が決めたらしいのだが、紗英は毎回喋る内容に苦労する。好きなものだとか夢中になっていることなど、そんなにたくさんあるわけがない。

このスピーチ廃止にならへんかなあ、とうんざりしている紗英の目には「五歳の娘とお絵描きをしている時、娘が観覧車の絵を描いていた」と語る主任の笑みもうっとうしくうつる。三分間スピーチなのに四分以上喋っているし。

「ああ、それと最後に報告があります」

主任の口調ががらりと変わる。いつのまにか、顔からも笑みが消えていた。

「本日よりしばらく、社長が休養に入られます」

「休養？」

事務所に集まった三十名ほどの従業員がめいめい顔を見合わせる。さっき会議室から出てきた営業チームの数名だけが先に聞かされていたのだろう。彼らは一様にきゅっと唇を引きしめて黙ったままだ。

「どういうことですかー」

香澄が間延びした問いを発する。

「入院中なんです」

ざわめきが広がって、また香澄が声を上げた。

「社長、ご病気なんですか？」

全員が一斉に主任ではなく佐門《さもん》を見る。佐門は視線に動じることなく（すくなくとも紗英の目には動じているようには見えない様子で）軽く頷《うなず》いた。

佐門は背が高い。近くにいる時はいつも頭をぐっと持ち上げるようにしなければ顔が見えない。でも今は離れたところにいるからなんの苦労もなくその全身を眺められる。美しい二重の、けれども涼しげな切れ長の目をしている。今は制服の「ほたるいしマジカルランド」というロゴが七色の糸で胸元に刺《し》繍《しゅう》してある水色のシャツを着ているのだが、そんなださい制服ですらすっきりとかっこよく着こなしている。

「そうです。たいした病気ではありませんので、皆さんはいつもどおり業務に集中してください」

隣に立っていた香澄がフウとため息を漏らしたのがわかった。「あいかわらずクールでかっこいいな」というようなことを考えているのかもしれない。香澄は佐門のファンで、どうにかしてお近づきになりたいと騒いでいる。あの手この手で誘っているが、いっこうに応じないらしい。「ガードが堅い」と香澄は言うが、たんに香澄に興味がないだけではないのだろうか。もちろん本人には言えないが。

「佐門さんはああ言うてたけど、社長はたぶんもっと重い病気やと思う」

朝礼のあと、制服の襟元《えりもと》についた小さなリボンを引っぱりながら、香澄が紗英に耳打ちする。

「え、なんで？」

「だって佐門さんたち、さっき会議室から出てきた時めっちゃ深刻そうな顔してたもん」

え、それだけ？　と言いそうになった。香澄たちはいつもこうだ。園内の誰それが既婚者と交際しているらしいとか借金があるらしいとか、あるいは誰と誰が不仲であるとか根も葉もない噂をばらまいて、職場を混乱させる。

明確な悪意がないぶんかえって困るというか「ほどほどにね」と注意してもすこしも悪びれる様子がない。噂を苦にして辞めていった人間もいるのに、本人たちが悪いことであると自覚していないから、反省のしようもないのだろう。

「これは、じきに社長交代かもしれへんね」

「そんなこと簡単に言うたらあかんて」

声をひそめて、そう答える。ガラスのドアのむこうで、早くも来園したお客さんたちが目当てのアトラクションに足早に向かっていくのが見えた。大きなスーツケースを引いた外国人観光客が、マップを片手にきょろきょろしている。

ここ数年で、アジアやその他の国からの観光客が増えた。インフォメーションのスタッフには英語を話せる者も何人かいる。本来ならば紗英も英語の勉強をしなければならないのだが、ずっと二の足を踏んでしまっている。

だってべつにどうしてもここで働きたかったわけじゃないのに。つい、そんなふうに思ってしまう。だってここは、ほんとうにわたしがいるべき場所ではなかったかもしれないのに。

事務所のドアが開いて、佐門が姿を現す。スマートフォンでなにか話しながら、外に出ていった。香澄はガラスのドアにうつる自分を見ながら前髪をいじっている。

次期社長候補。佐門をそんなふうに呼ぶ人がいる。佐門があの社長の息子だからだ。本人が有能であることよりも、まずそれが理由として挙げられる。

それはきっと不幸なことだろう。どんなに努力しても、実績を上げても「だって社長の息子だから」のひとことで片付けられてしまうのは。

一度出ていった佐門がふたたびドアを押して入ってきた。

「萩原さん、これ」

カウンターに黄色いＡ５サイズのノートが一冊、置かれた。表紙に「Wish list」とペンで書かれている。

「ローズガーデンの近くに落ちてた」

それだけ言うと、さっさと出ていってしまった。いついかなる時にも、佐門はけっして無駄口を叩かない。わかりました、と背中に向かって告げる。

「なんで名指しなん」

隣で香澄が不満そうに鼻を鳴らした。

「立ってた位置が近かったってだけやろ」

紗英の位置のほうがドアに近かった。ただそれだけのことだ。

「えー、そう？　あやしいー。佐門さんに手出したらあかんで」

香澄は幼稚だ。誰それが素敵だとかかっこいいとか誰と誰はよく話しているからあやしいとか一日中そんなことばかり気にしている。だいいち「手出したらあかんで」とはどういうことなのか。佐門は香澄のものではない。

まだ続いている香澄の話に適当に相槌《あいづち》を打ちながら、紗英はキーボードを叩く。園内で発見された落としものは専用の管理システムに登録する決まりになっているのだった。パソコンのウェブカメラで、いろんな角度から黄色いノートを撮影する。

ウィッシュリストと題されているからには、このノートの中には持ち主のあれやこれやの願いが書きこまれているのだろう。透明の袋に入れて、厳重に封をした。願いは神聖なものだ。軽々しく誰かの目に触れさせるべきではない。

願いなら、かつての紗英にもあった。舞台に立つような仕事をしたい、という。すこぶる具体性に欠け、うすぼんやりした憧れに近いものではあったが、それでも願いは願いだ。

「紗英さんはすごくきれいな声をしている」

小学五年の時の、担任の先生にそう言われたことがある。びっくりしてうつむいた時に目に入った自分のスカートの柄まではっきり覚えている。紺色で、白いドットが規則的に並んでいた。

二学期の終わりに、『オズの魔法使い』の朗読劇をやることになった。配役は先生がぜんぶ決めた。

黒板の「主人公　ドロシー」という文字に続いて「萩原紗英」という名が書かれた時、教室がすこしざわついた。なんで？　という声がどこかから漏れ聞こえて、紗英は耐えられずにうつむいた。

「なんで紗英ちゃんが？」

今度ははっきりそう聞こえて、額に冷たい汗が浮いた。紗英はおとなしくて目立たない生徒で、主役をやるなんてへんだと紗英自身が思った。母親にさえ「あんたはぱっとせえへんなあ」と呆れられるわたしが、どうして劇の主役なんかつとめられるだろう、と。

授業が終わるのを待って職員室に向かった。「役をかえてください」と訴えると、先生はふしぎそうに首を傾げた。

「どうして？」

「ふさわしくない、と思うからです」

「そんなことはない。紗英さんはすごくきれいな声をしている」

よく通るきれいな声をしている。国語の授業で紗英が音読をするたびにそう思っていたと先生はとっておきの秘密を打ち明けるように声を弾ませた。

「読む時もまったくつっかえたり間違えたりしないよね。あなた、一度読んだ文章は覚えてしまうんじゃない？」

顔をのぞきこまれて、どうしてわかるのだろうとびっくりしながら頷いた。紗英は一度声に出して読んだ内容はぜんぶ覚えられる。興味があってもなくても。

「それにあなたは姿勢がすごくいい。舞台に立ったらきっと映えるでしょうね」

セリフはするすると頭に入った。なんなら、ブリキのきこりやかかしのセリフまで。声も誰よりも大きく、よく通った。練習が進むにつれ、他の子どもたちも「なんで紗英ちゃんが？」とは言わなくなった。

本番はまずまずの成功をおさめたと言って良い。参観に来た母は他の保護者から「すごいね、紗英ちゃん」とほめられたらしく、まんざらでもなさそうだった。

なんのとりえもない子だと思っていた自分にも、人より優れた部分があった。そう思えたはじめての瞬間だったし、最後の瞬間でもある。

　もうずっと、昔の話だ。

　隣に並んでいた香澄が、すっと後ろに下がったのを目の端でとらえる。どうしたん、と問うと同時にガラスのドアがゆっくりと開いた。白髪の男性が半身をすべりこませる。強い風が吹いてはさまれかけたらしく、かなり狼狽《ろうばい》している。紗英は急いでカウンターから出て、ドアを押さえた。

「だ、だいじょうぶですか」

　うんうん、うんうん、と頷く男性は、ゆうに八十歳は超えていそうだ。眉毛が長く伸びて、まぶたを隠している。緑色のジャージの上下を着ていた。胸のところに「蛍石西高」と書かれている。孫のお古でも着ているのだろうか。

　帽子のつばをいじりながら痰《たん》の絡《から》んだような声で「孫となあ」と言って、激しく咳《せ》きこむ。

　カウンターを振り返ると、香澄が半笑いでこっちを見ていた。彼女がさっき一歩下がったのは、この人（仮に蛍石西高と呼ぶ）の相手をしたくなかったからだとようやく気づく。

「孫となあ、はぐれてしもてなあ」

また咳《せき》がはじまる。背中をさするべきなのかどうかわからず、紗英はおろおろと手を上下させた。

「ほらこの子や、かわいいやろ」

財布から取り出した写真を紗英の鼻すれすれにかざす。近い。めんどくさい人だな、という思いを顔に出さないように気をつけながら、一歩後ろに下がった。

お母さんらしき女性とふたりの男の子が写っている。蛍石西高（仮）のささくれた指が、背の低いほうの子どもをさした。五歳ぐらいだろうか。ぼやけていてわかりづらいが、背景に『サファイアドリーム』が写っていることからここで撮られた写真だということがわかる。わかるのだが、紗英が知りたいのはこの子どもの今日の姿なのだ。

「ここにはふたりでいらしたんですね？　どんなお洋服を着てらっしゃいます？」

インフォメーションで働きはじめて驚いたことがある。多くの保護者がその日自分が連れてきた子どもの服装を答えられない、という事実だ。

紗英の実感では母親は三割が、父親なら七割以上が服装を言い間違える。おそらくその日の朝からずっと行動をともにしていたにもかかわらずだ。

あんのじょう、蛍石西高（仮）は「あー、うー」と首を傾げている。

「お名前は？」

「年齢は？」

「どこではぐれたんですか？」

質問を変えても、芳しい回答が得られない。

もしかして、迷子になっているのは孫ではなく他ならぬこの人なのではないだろうか。

一抹の不安を抱きつつも辛抱強く返答を待っていると、ドアが開いた。強い風が吹きこんでくると同時に、数名の男女が入ってきた。

どやどやとカウンターに押し寄せていく。どうやら日本語が話せないようだ。園内マップを指さし、大きな声で口々になにかを訴えている。香澄が助けを求めるように紗英を呼んだ。

「すみません、ちょっと他の者と交代しますね」

蛍石西高（仮）に断って、カウンターの中に戻った。いっぺんに喋るので面食らったが、よく聞いてみるとたんにマップの欄外に紹介されているフードスタンドの場所を知りたがっていただけだった。その程度ならば紗英でも片言で説明できる。おそらく香澄にだってできたはずだ。「よく聞いてみる」ことをためしていたならばの話だが。

入ってきた時と同じくにぎやかに去っていく彼らを見送って、紗英は蛍石西高（仮）の姿が消えていることに気づいた。香澄の姿も。どこかに案内したのだろうか。いや、違う。

違うような気がする。外に続くドアではなく、事務所に通じるドアから姿を現した香澄を見て、額に嫌な汗が滲《にじ》んだ。

「さっきの人、どうなった？」

「あのおじいちゃん？　ごめん、わかんない」

紗英が件《くだん》の観光客を相手にしているあいだに、外に出ていってしまったので、もういいのかなと思いながら黙って見ていたという。

「ちょ、ちょっとここ頼むね」

香澄の返事を待たずに外に飛び出した。やってしまった。わざわざ説明しなくても交代してくれるはずだと思いこんでいたが、相手はあの香澄である。「こちらのお客さまをお願いします」とひとこと添えるべきだった。

靴を脱いでベンチの上に立ち、周囲を見回す。緑のジャージ、緑のジャージ。『オパールのマジカル鉱山』に向かって進んでいく姿を、紗英の目がすばやくとらえる。平日のまだ人の少ない時間帯で助かった。

「あの、お客さま」

駆け寄った紗英に、蛍石西高（仮）は「ああ、ああ」と頷く。申し訳ありませんでした、と待たせたことを詫びると、また「ああ、ああ」だった。

「忙しそうやったから、自分でさがそうかと思てなあ」

声に皮肉の色はない。インフォメーションに戻りましょうと促したが、また勝手にすたすたと歩き出してしまう。

ゴミを回収していた女性がほんの一瞬、ふしぎそうに紗英たちを見た。見覚えのある顔だが、清掃は外部に委託しているので名前がわからない。

「なあ、お嬢ちゃん」

自分のことだと気づくのに、すこし時間がかかった。蛍石西高（仮）は「あれなに？」とマジカル鉱山を指さしている。ごつごつとかたい岩のつらなる山を模《も》した建物の頂上で青い旗が翻《ひるがえ》っていた。

「あれは、『オパールのマジカル鉱山』です」

ほたるいしマジカルランドの公式キャラクターは、魔法使いになるため修行中の妖精だ。名をオパールくんという。年齢二百歳（人間でいうと十歳ぐらい）。同じく魔法使いの弟子として、パールちゃんという妖精もいる。

オパールくんが黒いとんがり帽子に黒い上着とズボン。パールちゃんが白いとんがり帽子に白いワンピース。これが公式のスタイルだが、彼らのお師匠である魔女はとんがり帽子でもワンピースでもないし、ましてやほうきにまたがったりもしていない。名をブルーサファイアという。青いドレスに王冠をかぶったきれいな女の人の姿で、『オズの魔法使い』の良い魔女を連想させる。

　他にはオパールくんの親友である妖精ベルベットなどもいるが、毛むくじゃらであるせいか、あるいは着ぐるみになると二メートルを超す巨大な体軀《たいく》のせいか、今いち人気がない。ショーに登場すると高確率で子どもに泣かれる不憫《ふびん》なキャラクターだった。

『オパールのマジカル鉱山』は謎解き型アトラクションと呼ばれていて、鉱山を模した建物内の数カ所に設置されたクイズを解いたり、ミニゲームに挑戦したりしながらゴールを目指すという内容で、時間内にクリアすると景品として宝石がもらえる。もちろん樹脂でつくられたにせものではあるが。

　ふしぎな力を有する石を生み出す、マジカル鉱山。しかしある日地中に眠っていた怪物が目を覚まし、暴れ出してしまう。鉱山で働くみんなを守るため、魔法使い見習いのオパールくんとパールちゃんが奮闘する……といったストーリー仕立てになっている。

「オパールくんとパールちゃんは、きょうだいなんか？」

　紗英の説明を聞いた蛍石西高（仮）が、紗英が広げている園内マップをのぞきこむ。

　さっきインフォメーションに現れたときよりもずっと口調がしっかりしている。

　それはべつだん奇妙なことではなかった。紗英の祖母もしょっちゅう物忘れをしたり孫の名前を呼び間違えたりするのだが、ふとした拍子になにかのスイッチが入ったように異様にしゃっきりする瞬間が日に一度か二度ぐらいある。

「いいえ、ふたりはあくまで同じ魔法使いの弟子で……相棒というか、そうですね、いわば同期といったところです」

「同期」

ふふ、と蛍石西高（仮）が頬《ほお》をゆるめる。へんな表現だという自覚はあった。でも研修時の資料に書いてあった公式設定を読むかぎり、そういう表現がぴったりだったから。ふたりは互いに助け合いながら、日々魔法修行に励んでいる。

「ほんならあれは？」

蛍石西高（仮）が指さす先に小屋がある。『オパールのマジカル鉱山』にはつぎつぎとお客さんが入っていくが、そちらはみな素通りしていく。ピンクと紫のストライプに塗られた外壁。オープン当初はさぞポップでキュートな砂糖菓子のような小屋であったことだろう。今はところどころ塗料が剝《は》がれ落ちて、みすぼらしい。入り口の近くで、担当の村《むら》瀬《せ》が暇そうに立っているのが見えた。

「あれは『パールのドールハウス』といいます」

人気がないのでもうすぐなくなることが決定しています、と続けるべきかどうか迷った。

機械仕掛けの人形が歌って踊る。そんなシンプルなアトラクションなのだが、お化け屋敷ばりにこわい、ともっぱらの評判だった。

ずっと聞いていたら神経が摩耗《まもう》しそうな調子っぱずれの音楽。機械の老朽化のせいで手足が動くたびにキイキイ音を立てる人形たち。人形たちの衣装は小屋の外観同様に経年劣化で色褪《いろあ》せている。

六日後のイルミネーションイベントの開始と同じ日に営業を終了する予定になっていた。あの小屋はいずれ取り壊され、あとにはまた新しいアトラクションができる。神経質そうな表情でメガネの下に指を入れて目をこすっている村瀬の姿を横目で見やりながら、紗英は人形の古さ等の不気味要素を省いて、簡潔に内容のみを説明した。

ふいに『パールのドールハウス』の扉が開いて、佐門が姿を現した。なぜあんなところにいるのだろうと思ってから、紗英は「あ」と呟く。

そういえばこのあいだ「近々大規模な人員整理が予定されているらしい」と聞かされた。言ったのは香澄だから、むろん信憑性はない。ただ人員整理を担当するのは佐門で、最近頻繁《ひんぱん》に園内をまわっては従業員の働きぶりをチェックしているという部分だけは信じられた。佐門は暇さえあれば園内を歩きまわるし、鋭い目つきでスタッフの動きを見ていることもある。

佐門が村瀬になにごとかを話しかけている。話の内容まではわからない。ただ、村瀬が片足を投げ出すようにして立っているのが気になってしかたがない。佐門さんは今この瞬間も人事査定をしているかもしれないのだからピシッと立てと教えてやりたいが、教える手段がない。教える義理も。

　村瀬とはけっして親しくはなかった。バイトをはじめたのが同じ月であることを考えるとそれこそ「同期」と呼んでいい関係だが、オパールくんとパールちゃんのようにかたい絆で結ばれているわけではない。たしか紗英より何歳か上だったはずだ。何度か同じアトラクションを担当していた時期がある。ただ、会話はあまり弾まなかった。

　村瀬は遊園地、ことにメリーゴーラウンドが好きだ、という話を小耳に挟んだことがあった。休みの日に関西近郊の遊園地をめぐって写真を撮ったりしているという。紗英が「木村幹と一緒ですね」と言うと村瀬はものすごく恥ずかしそうに黙りこくってしまい、以来お互いにプライベートに関する話をしなくなった。

『パールのドールハウス』がなくなったあと、村瀬がなにを担当するのかはまだ決まっていない。もしかして、村瀬は人員整理の対象者としてもっとも有力な候補ではないだろうか。紗英は村瀬と仲良くはないが、村瀬がけっして悪い人ではないことも知っている。ちょっと暗い感じがするけど仕事ぶりはいたってまじめで、いい加減なところがない。

村瀬にクビになってほしくない。だって遊園地が好きで遊園地で働いている人が解雇されるなんて、なんだかあまりに悲しい。自分のように「ほんとうにいるべき場所ではないのかも」などと惑いながら日々を過ごしている人間ならともかく。

「じゃあインフォメーションに戻って迷子の……」

言いかけて、ヒッと息を呑む。隣にいたはずの蛍石西高（仮）がいない。周囲を見回し、遠ざかっていく後ろ姿を見つけた。うろちょろするんじゃねえよ。思わずそう言いそうになる。お客さまに向かってあるまじきことだ。

『フローライト・スターダスト』に向かって一直線に進んでいく。小走りで追いかける途中、ローズガーデンから出てきた山田《やまだ》さんにぶつかりそうになった。「すみません」と言いたかったのに、反射的に「あわあ」という悲鳴が漏れてしまった。山田さんはそんな紗英をじろりと睨《にら》みつけ、無言で歩き去った。

以前から苦手なおじさんなのだ。強情そうな太い眉と浅黒い肌と真一文字に結ばれた唇が、とくに。

山田さんはほたるいしマジカルランド内の植物やローズガーデンの管理を任されている株式会社ほたるいし園芸の社員だ。挨拶以上の会話を交わしたことはないが、なんとなく「最近の若いもんは」みたいなことを思っていそうな雰囲気が滲み出ている気がする。「気がする」だけで苦手だと感じてしまうのは、とても失礼だとわかってはいるのだが。

『フローライト・スターダスト』の木馬に数名の子どもたちがよじのぼっている。担当の三沢《みさわ》とバイトの女の子が安全確認の真っ最中だった。バイトの女の子には見覚えがないから、ごく最近入ってきた子なのかもしれない。

三沢くん、ちゃんと仕事を教えてあげてたらいいけど。そんな思いがちらりと脳裏をよぎる。三沢は自分好みの異性には親切だが、同性や年上のパート主婦を相手にすると途端に態度がいい加減になることで有名で、従業員のあいだでは若干嫌われている。

柵につかまって運転開始を待つ木馬を眺めている蛍石西高（仮）に「お客さま」と声をかけたが、なんの反応もない。かすかに口を開けるようにして、じっと前方を見つめている。

「あの、お客さま。お孫さんをさがしましょう。きっと不安な思いをしていらっしゃるはずです」

「いや、あいつやったら、じきにここに来るわ」

とつぜんの確信に満ちた口調に戸惑う。どういうことだ。

「はい？」

「迷子になったらここで待つ。ずっと前からの約束なんや」

もしかして「お孫さん」はこの老人の想像上の人物に過ぎないのではないだろうか。そんな疑念が脳裏をよぎる。孫の名前はおろか自分の名前すらちゃんと言えなそうな人が年端も行かぬ子を連れて遊園地に来るなんて、よく考えたらちょっと不自然ではないのか。

ずっと前からの約束がどういう意味なのかはわからないが、すべてが妄言《もうげん》ならばむしろそのほうがしっくりくる。架空の孫を連れて徘徊《はいかい》する老人。現実には存在しない孫と「はぐれた」と主張する老人。もうこれは完全に警察で保護してもらうべき案件だ。無線に手を伸ばしかけた時、蛍石西高（仮）が紗英を振り返った。

「この回転木馬、けっこう古いな。いつからここにあるんや？」

「あ、はい。１９８０年からここで稼働しています」

にくい。質問されると反射的に説明してしまう自分の性分がにくい。

二階建てのメリーゴーラウンドは日本国内にもそう多くないらしいが、その他には際立った特徴はない。それでも紗英にはこのメリーゴーラウンド『フローライト・スターダスト』こそがほたるいしマジカルランドを遊園地たらしめている存在だと感じられる。

あざやかな緋色《ひいろ》の鞍《くら》は白馬の身体に映える。その後ろに設置された水色の馬車も、屋根を縁取る黄金の装飾も、すべてが夢のように美しい。子どもの頃、ここに遊びに連れてきてもらった時はかならずメリーゴーラウンドに乗った。

天井部分に描かれた風景画は、おそらくヴェネチアを描いたものだろう。運河に浮かぶゴンドラと特徴的な橋のかたちからして間違いない。じっと見ているとその絵の中に入っていけるような気がした。木馬は紗英をどこまでも遠くに連れていってくれる魔法の生きものだった。

安全確認が終わり、ブザーが鳴る。音楽が流れて、木馬たちがゆっくりと動き出す。

「このメリーゴーラウンドにまつわる噂がひとつあります」

こんなところでこんなことをのんびり喋っている場合ではないと思いながらも、紗英はいつのまにか蛍石西高（仮）と同じように柵につかまって木馬の動きを目で追っている。噂といっても、これは香澄たちから聞かされたのではない。紗英が小学生か中学生の頃に、友人から教わった。

「二階部分に一頭だけ一角獣《いっかくじゅう》がいます。それに乗ると願いが叶うと言われています」

「願いが叶う」

蛍石西高（仮）がゆっくりと繰り返して、目を細める。以前に食べたおいしいものを思い出しているような表情だった。

「あんたも乗ったことあるんか？」

「いえ、わたしは」

厳密に言うと、何度か試みたことはある。でもそのたびに同じことを考えているらしい誰かに突き飛ばされたり睨まれたりして、断念してしまった。

わたしはないです、と紗英が小さな声で答えた時、背後で鋭い叫び声がした。なにごとかと振り返ると、堀琴音《ほりことね》がいた。同じくフードコートの制服を着たもうひとりの女の子となにごとかを言い争っている。

アイドルみたいなかわいい子。堀琴音が去年アルバイトで入った時、ちょっとした噂になった。これまでじっくり顔を見たことはなかったが、たしかに並外れた外見の持ち主だ。高校を卒業したばかりだと聞いているから、まだ十代だろう。

もうひとりのほうは、名前も顔も知らない。平凡な外見の者はなにか突出した能力の持ち主でもないかぎり、バイトで入ってきたぐらいで噂にのぼることなどないのだ。わたしと同じ。紗英はひとりごちて、こっそり息を吐く。

「違う」とか「待って」とかいう声がこちらまで聞こえてくる。おもに名のわからないほうの子が怒っていて、堀琴音が懸命に宥《なだ》めているようにも見えるが、真相は謎だ。バイト同士のケンカはめずらしいことではない。若い女の子同士ならなおさらだ。紗英にも経験がある。

もしわたしがあの子だったら。容姿端麗な同性に会うと、いつもそう考える。あの子みたいにかわいかったら、もっと違う人生があったのだろうか。

「わたしね、ほんとうはわかってるんです」

柵をつかむ手に力がこもった。蛍石西高（仮）は聞いているのかいないのか、まだ木馬の動きを目で追い続けている。

もし何々だったら、なんてことばかり考えている人間には永遠に無理なのだ。望みを実現することなど。「なにがなんでも」という気持ちが、いつだって欠けている。どんな手段を使ってでも一角獣を勝ち取る者、あるいはくじけずに何度でも挑戦する者だけが目的地に辿《たど》りつける。なんの努力もせずになにかにただぼんやりと憧れているだけの者は、どこにも行けない。

演劇サークルに所属し、地道に端役をこなす日々はそれなりに楽しくはあったが、同時に「なんとなく違うかも」を積み上げていった日々でもあった。セリフを練習している時も、友だちと昼食をとっている時ですら「違うかも」がつきまとった。最初は砂粒ほどだった違和感は、一年もしないうちに無視できないほど大きくなった。

違うかも、という気持ちは「木村幹は映画のオーディションで『カラスの真似をしてください』と言われた際に口でゴミ箱を倒してゴミを食べたことがある」という逸話を知り、確信に変わってしまった。漠然と「舞台に立つような仕事につけたらいいなあ」と夢想するだけの者は、実際に行動する者には一生かなわない。夢をあきらめたとか、挫折したとかいう言葉さえも似合わない。そんなふうに言えるのは、ちゃんと挑戦したことのある人間だけだ。

今はただ「ずいぶんぼんやりと人生を歩いてきてしまったな」というにぶい痛みだけが胸に残る。

音楽が止《や》み、『フローライト・スターダスト』が回転を止める。安全な退場を促す三沢のアナウンスがはじまった。

蛍石西高（仮）がなにか言いかけた時、背後で風がおこった。突風ではない。ふわりと肌を撫《な》でるような、やわらかい風だった。

「ああ、やっぱここにおったん、おじいちゃん」

蛍石西高（仮）が紗英に視線を向けて「な、来たやろ」と顔をほころばせている。

「えっ」

立っているのは幼児ではなかった。二十代とおぼしき青年だった。蛍石西高（仮）がその青年の背中をばしっと叩く。

「これ、うちの孫」

「え、あの写真の子……？」

蛍石西高（仮）が写真を取り出して、紗英の鼻先すれすれにかざす。いやだから近いねんて、と呆れながら頭を反らした。

「こいつ、昔からまったく顔が変わってへんねん、かいらしいなあ、なあ」

なあ、などと同意を求められても困る。

「そんな昔の写真持ち出して」

ため息をついた青年が、紗英に向き直って深く頭を下げた。

「ほんとにうちの祖父がすみません」

言いたいことは山ほどあるが、声が出ない。へへへ、と笑っている蛍石西高（仮）と青年を交互に眺める。なんなんこの人たち。というかおもに爺のほう。なんなん？

ずっとからかわれていたのだろうか。いや蛍石西高（仮）は「孫とはぐれた」としか言わなかった。写真を見せられた紗英が勝手に孫が幼児であると勘違いしただけで、ひとつも嘘《うそ》はついていない。

「このお嬢ちゃんが、ずっと案内してくれてたんやで」

べつに案内はしていない。ふらふら歩きまわるあぶなっかしい老人を追いかけていただけだ。

「ありがとうございます」とまた頭を下げる青年に「いいえ」と短く答える。

「ゆう、このお嬢ちゃんはすごいぞ。なにを訊《き》いてもちゃーんと答えてくれる。遊園地のことなんでも知ってる。すごいんやで」

ゆう、とはこの青年の名前だろうか。もちろん「you」と呼びかけるジャニー喜多川《きたがわ》スタイルを採用している可能性もあるが。ゆう、ゆうと連呼しながら蛍石西高（仮）は「どうだ」というように胸を張っているが、べつに蛍石西高（仮）がすごいわけではない。

かといって自分がすごいわけではないことも、紗英はわかっている。

「仕事ですから」

ただなにかを覚えるのが得意なだけだ。すごくなんかない、と胸の内で呟《つぶや》きながらも、紗英の背筋はわずかに伸びる。

「そしたら行こうか、おじいちゃん。クレープ食べたかったんやろ？」

「おお、そうそう」

ほんまにありがとうな、と紗英を振り返る蛍石西高（仮）に向かって、笑顔で答えた。

「いえ、仕事ですから」

もう一度その言葉を繰り返したら、背筋がさらに伸びた。そうだ。これはわたしの仕事なんだ。

「おじいちゃん、勝手にうろちょろしたらあかんで」

「すまんすまん」

人騒がせな彼らが去った直後に、またやわらかな風が吹いた。秋の匂いがする空気を、深く吸いこんで、ゆっくり吐き出す。

背筋が伸びても視界が劇的に変わるわけではない。それでも、目にうつるものの輪郭が今までよりすこし鮮明になったように感じられる。そのことにほんのすこしの勇気を得て、紗英はインフォメーションに向かって早足で歩き出す。

*

病室の窓から観覧車が見える。入院初日には気がつかなかった。

明日から入院する、という電話を市子さん本人から受けた時には、「ああ、そうなん？」と答える自分の声が落ちついていることにむしろ驚いたほどだったが、やっぱり多少動揺していたのかもしれない。眺望について気がまわらない程度には。

「病室から自分とこの観覧車見えてたら、気が休まらへんのとちゃう？」

「あれは観覧車やなくて、『サファイアドリーム』や」

枕から頭を持ち上げるようにして、市子さんが言う。

「……『サファイアドリーム』が見えてたら」と言い直す佑《ゆう》の言葉がすべて終わらぬうちに「だいじょうぶですぅ、ちゃんと休まりますぅ」と絶妙にむかつく言いかたで否定された。

　この人はいつも仕事のことを考えているんだな、と子どもの頃から思っていた。家でくつろいでいる時でも、いつも、いつも。

　そんな人に「今は仕事のことは忘れて」などと言えばますます意地になって仕事に執着することを佑は知っていて、だから言いたいことはすべて飲みこんだ。今日見てきたことのすべてをつぶさに報告するにとどめる。

　入院中の市子さんから「ほたるいしマジカルランドの様子を見てこい」という電話を受けたのは、今朝のことだった。様子ってなに、なにを見たらいいの、と戸惑う佑に、市子さんは「とにかく行ってあんたが見たものをそのままわたしに教えてくれたらええねん、あっ検温あるからもう切るで」と一方的にまくしたてて電話を切った。

　佑の話を聞く市子さんは掛け布団の上で両手の指を組んだまま、天井をじっと睨んでいる。

「おじいちゃんが勝手にうろうろしてたいへんやったわ。電話しても出えへんし」

　そもそも祖父を連れていくつもりなどなかった。どこに行くともなにをしに行くとも話していないのに、勝手についてきてしまったのだ。しかもどこから引っ張り出したのか佑の高校時代のジャージを着用しており、目立つからやめてと頼んだのに「変装や」とわけのわからないことを主張してぜったいに脱ごうとしなかった。

　昔からそういう人だった。小学校の授業参観日にやってきて、しれっとした顔で欠席の生徒の席について授業を受けようとしていたことがある。先生に厳しく注意され、廊下に追いやられていた。高校のマラソンの授業の時には勝手にルートを調べ上げ、先回りして歩道で自作の旗を振っていたりした。なにがしたいのかよくわからない。

　市子さんが「で、どうしたん」と佑に話の続きを促す。

「インフォメーションに行って『孫とはぐれた』って言うたあと、また勝手にうろうろしはじめたらしくて」

　どう見ても完全な徘徊老人に見えたであろう祖父を安全に保護すべく右往左往していた従業員の名を、市子さんは知りたがった。たしか、萩原さん。すこし考えてから、そう答える。胸元の名札に「萩原」と書いてあったはずだ。

「萩原紗英やね」

「従業員のフルネーム、ぜんぶ覚えてんの？」

「あたりまえやろ」

「萩原紗英さん、がんばってたで」

掛け布団の上の市子さんの両手を眺めながら、佑は彼女のことを思い出す。ふしぎな人だったな、と。メリーゴーラウンド（市子さんに言わせれば『フローライト・スターダスト』）の前で声をかけた時はしょんぼりと肩を落としていたのに、佑と祖父を見送る時はしゃんと姿勢を正していた。急に口調も堂々としたものに変わって、まるで違う人みたいだった。

「すごいまじめな子なんや。物覚えがよくて、細かいとこによく気がつく」

「有能なんやな」

「自分ではそれに気づいてないみたいやけどね」

自分のことは自分では見えにくい。市子さんが昔からよく口にしていた言葉だ。

「明日もよろしく」

市子さんはそう言うと、目を閉じた。顎《あご》だけ動かして、傍《かたわ》らの物入れを開けるようにと指示する。クリアファイルに入った書類を読め、とのことだった。佑は書類の上にクリップでとめられた写真に見入る。メガネをかけている、ということ以外に際立った特徴のない顔立ち。書類には名前や生年月日などが記されていた。

「村瀬草《そう》。三十一歳」

「そう。うちで何年もバイトしてる子やで。あんた明日、その子を取材してきて」

「は？　ちょっと待って、取材てなに？」

「遊園地で働く人を突撃取材するノンフィクションライターっていう設定で行ったら？　明日会いに行って話聞いてきてよ」

「なに設定って。しかも約束もなく行くの？　えー俺嫌なんやけど」

「そのほうがおもろいやん」

　ぜんぜんおもんないわと呆れつつ、クリアファイルを自分のバッグにしまう。似ている。おもしろいとかおもしろくないとか、そういう基準でものごとを判断してしまうところが、祖父と市子さんはよく似ている。だから昔からこのふたりにだけはかなわない。ずっと昔からな、とひとりごちて、また外を見る。夜の藍色の中で、観覧車のライトがおもちゃじみたぴかぴかした光を放っている。

火曜日

TUESDAY

Sou Murase

村瀬草

占いなんか信じない。生まれた月で運命が変わるなんて信じられないし、血液型占いなんか乱暴の極みだ。人間の性質をたったの四種類に分けるなんて俺はどうかしていると思いますね、という姿勢を村瀬は貫いている。誰にたいして見せるわけでもないがひっそりと貫いている。これからも貫く所存である。

信じてもいない占いを毎朝チェックしてしまうのは、だから、ただの習慣だった。ただの習慣だし、意味はないから気にもしていない。

せまいばしょにきをつけよう

それが今日の占いの結果だった。いつもは当たりさわりのないふんわりしたことしか書いていないくせに、みょうに忠告めいていた。まあどんな内容であろうがいいけどね、だって信じてないからね、信じない姿勢を貫いてるからねフン、と強めの鼻息を吐いてスマートフォンの画面を閉じた。それが今朝の話だった。

スマートフォンのアラームは、早番であっても遅番であっても毎朝同じ時間にセットしている。アラームを止めた後に、ほたるいしマジカルランド公式サイト（スマホ版）のコンテンツのひとつである「魔女ブルーサファイアの　きょうのいいこと」という占いを確認する。

　占いというよりは、単純なおみくじのようなものだ。画面上の『占う』ボタンをタップすると「いつもよりほんのすこしすなおになってみるといいかもね」とか「へやをかたづけるとすっきりするかも?」というような、まあそりゃあそうでしょうねというようなメッセージが表示される。

　ほんとうにただ習慣で見ていただけなのだ。心の中で繰り返す。ひとり暮らしの村瀬のそんな朝の習慣など誰も知り得ないのに、誰かに言い訳するように口の中で繰り返しながら冷えてきた自分の足や手をさすった。山を切り開くようにして建設されたほたるいしマジカルランドの北側エリアは鬱蒼《うつそう》と茂る木々を背にしてアスレチック広場とミニ動物園がある。夏でもひんやりと涼しい。

　そんなひときわ涼しいエリアのトイレの個室に、村瀬は閉じこめられている。閉じこめられている、は違うかもしれない。べつに外の誰かから戸をふさがれたとか、そういうわけではないのだから。

　ただ、入った時には容易に開いた戸がなぜか今は開かないのだ。鍵はちゃんと外れるのに、押しても引いても開かない。なんでこんなタイミングで戸が壊れるのか、意味がわからない。

誰か助けて。そう叫ぶのにも疲れて、村瀬は壁に凭《もた》れる。

このトイレはアスレチック広場『クリスタル・アイランド』の入り口の手前にあるのだが、現在アスレチック広場はメンテナンス中のため閉鎖されている。つまり周囲には客も従業員もいない。

二十メートルほど離れた場所に『ファンタスティック・スタールビーライド』というミニコースターがあるのだが、どんなに叫んでもそこにいる人びとに自分の声が聞こえるとは思えなかった。ゴオオという走行音と人びとの楽しげな歓声だけが遠くから聞こえてくる。

ほたるいしマジカルランドの清掃スタッフは（外部委託ではあるが）超絶に優秀だ。園内には塵《ちり》ひとつ落ちていないし、ここだって屋外の公衆トイレにありがちな嫌な臭いがぜんぜんしない。

遊園地は、とにもかくにも清潔であること。その社長の理念に基づき、入念に清掃がなされていると聞く。一に清潔、二に愛嬌《あいきょう》。従業員一同、毎日朝礼で髪や爪の長さをチェックされる。無精ひげなど言語道断である。常につるっつるのぴっかぴかでなければならない。

清潔第一の遊園地であるからして、この屋外トイレにも日に三度以上清掃スタッフが出入りしているはず。その人に助けを求めようとさっきから村瀬はずっと待っているのだが、ぜんぜん現れない。

閉園まであと一時間を切っている。もしこのまま誰にも気づいてもらえなかったら、ここで一夜を明かすことになるのだろうか。冗談じゃない。

「誰か、誰かいませんか」

叫びすぎてもう声が掠《かす》れている。勤務中なら、誰かが村瀬の不在に気づいてくれただろう。村瀬自身が無線で助けを求めることもできたはずだ。しかし今日、村瀬は完全にプライベートな目的でここに来ている。つまり村瀬がここにいることを、誰も知らない。

頼みの綱のスマートフォンはすでに電源が落ちている。もう十年以上使っているせいか、最近電池の減りがものすごく早い。体感的にはフル充電してから一時間ぐらいで四十八パーセントぐらいになってしまう。真っ暗な画面を見つめたのち、舌打ちしながらポケットにねじこんだ。

クソ。クソクソクソ。腹立ち紛れに拳で戸を叩いたが、やはりびくともしない。

便器に腰掛けて見上げたら、十五センチほどの隙間が目に入った。あそこからなんとか脱出できないだろうか。便器にのぼって両手をかけ、次の瞬間に手を滑らせて落ちた。

思えばいつも通知表の体育の評価は小学校では「がんばろう」、中学校では「１」か

「2」だった。高校生になると「3」をとれる時もあったが、それは保健体育のテストの結果がよかったからだ。村瀬の運動神経は最悪であり、激悪であり超悪だった。そんな日本語は存在しないのかもしれない。とにかく「俺、運動神経最悪でさー（笑）」などと軽く笑って済ませられないぐらいひどいという自覚がある。

　鉄棒は回転する前につかまっただけでずるっと滑り落ちるし、跳び箱は手をつくタイミングすらわからずに十回中十回激突し、「跳び箱クラッシャー」という誰も欲しくない異名をほしいままにしていた過去もある。そんな重要かつ厳然たる事実をすっかり忘れていた。便器でしたたかに腰を打ちつけ、さらに着地の衝撃で右の足首がへんな方向に曲がったのがわかった。激しい痛みが走り、三十一年の人生で一度も出したことのない、音で表現するなら「ごばぁ」というような、よくわからない声が出た。

　おそるおそる靴を脱ぎ、靴下をずらしてみる。ものすごい早さで足首が赤く腫れ上がっていく。痛みがなおいっそう激しさを増す。折れた。折れてる。これ骨折れてるやつだよ。ぜったいそうだよ、と震えながら靴下を戻した。これ以上見たくない。こわい。

　なんで今日ここに来てしまったんだろう。べつにここでなくてもよかったじゃないか。遊園地なら日帰りで行ける場所にいくつもある。西城山おもちゃ王国の木製メリーゴーラウンド、斧上プレイランドの小型メリーゴーラウンド、どれもいい。それぞれに情緒がある。

いや違うんだ、あえての今日だったんだ。

三沢のシフトを確認して、わざわざあいつが勤務していない午後の時間を狙って来たのだ。三沢の顔なんか見たくもなかった。なのにあいつはいた。痛む右足首を庇《かば》って壁に手をつきながら、村瀬はここに入ることになった顛末《てんまつ》を思い出す。

村瀬の趣味は、メリーゴーラウンドを眺めることだった。まれに写真を撮ることもあるが、あくまで「何月何日にここに来た」という記録のためであって、美しい写真を撮ることが目的ではない。

村瀬のメリーゴーラウンド好きは、小学生の時にある本を読んだことに端を発している。図書室に置いてあったのを何度も何度も借りて読んだ。それなのに、その本の作者名もタイトルも覚えていない。どんな表紙だったのかとか、そんなことすら。

その本にはいろんな短い話が入っていたのだが、村瀬はメリーゴーラウンドが出てくる話ばかり、繰り返し読んでいた。メリーゴーラウンド（その本ではたしか『メリー・ゴウ・ラウンド』と表記されていて、それもまたなんだか楽しげな印象だった）を動かすふたりの気のいい男の話だった。

メリーゴーラウンドの外観の描写が最高にわくわくしたし、金を持っていない少年に

「さあ、乗ったり、ぼうや」「ロハでひとまわりだ」と声をかけてただ乗りさせてやるところなんか最高にしびれた。

タイトルは覚えていないのに、ふたりの男が「バーニーとトッド」という名前だったことだけはちゃんと覚えている。村瀬が育った熊本の小さな町には、そんな名前の人はいなかったから。

熊本出身です、と自己紹介すると、たいていの人が「進学で大阪に出てきたのか」と問う。

「いえ、高校出てすぐ就職したんで」と答えると、なぜかみんなすまなそうな顔をする。けれども、大阪に本社を構える家電メーカーの名を出すと「有名企業だね、すごいね」と言う。でもとっくに辞めたのだし、そもそも勤めていた会社がどんなに大きくてもそれは村瀬の功績ではないから、なんと答えていいのかわからず、いつも黙りこんでしまう。

就職先が有名企業だろうが超零細企業だろうが、なんでもよかったんです。大阪だろうが東京だろうが名古屋だろうが、どこだってよかったんです、故郷から遠いところに逃げられればそれで、などとは口にしない。そんな個人的な事情はみだりに話すべきではない。

村瀬が育った家には、いつも金がなかった。両親ともに働いていて、収入はじゅうぶんにあったはずだが、それでもなお、貧乏だった。両親が自称「活動家」だったから。

彼らの収入のほとんどは「活動」の費用にあてられ、村瀬とふたつ上の兄は毎日腹を空《す》かせていた。平成の時代の話である。誰にも信じてはもらえまい。

「活動」の内容は核兵器の根絶のためにデモ行進をするとか、「子どもたちを戦場に送るな！」と書かれたビラを配るとか、そういったものだった。両親の思想自体は美しく気高かったが、村瀬は彼らのもとに生まれてしまったことが嫌で嫌でたまらなかった。

他の家のようにお菓子を食べさせてもらえないことが不満だった。おもちゃやゲームを買ってもらうことや遊びに連れていってもらえないのはおろか、「馬鹿になる」などという根拠のない理由でテレビの視聴を禁じられたのも。

娯楽が極端に不足した家だった。兄は友だちの家にあがりこんでは友だちの家のお菓子を食べ散らかしたり、その家のゲーム機を独占したりして、とても嫌われていた。村瀬はそんな兄についていけなかったし、なんて恥ずかしいやつなんだろうと憎んでもいた。だから図書室の本を読み、おやつは台所に忍びこんで焼き海苔《のり》などをくすねて食べる、ということに甘んじていた。

海苔をすこしずつちぎって食べながら、おさない村瀬はいつもメリーゴーラウンドのことを考えていた。「いつか乗ってみたい」という憧れはじきに「自分で動かしてみたい」に変化した。ロハでひとまわりだ、と片目をつぶる自分の姿を想像するたび、胸がじーんとなった。俺はそういうかっこいい大人になるんだ、と心に決めた。両親のように理想ばかり掲げて自分の子どもを飢えさせる大人ではなく、よその子どもも自分の子どもも楽しませてあげられるような大人になりたかった。

高校卒業後は進学はせずに就職する、という村瀬の選択に両親は一切口を出さなかった。兄はすでに家を出ていて、どこにいるかもよくわからなかった。世界をもっとよくしたい、というのが口癖の両親は、自分たちの子どもにはふしぎなぐらい興味がなかった。今でもほとんど連絡を取り合わない。

高校に来る求人の職種は限られていたが、進路指導の先生には「東京か大阪か名古屋で」以外の希望は伝えなかった。人の多い場所がよかった。自称活動家の両親は田舎の狭い町では悪い意味で有名すぎ、その子どもである自分のことを町の誰もが知っていた。自分を知る者が誰もいない場所で、ただひそやかに好きなものだけを見つめる生活をしようと思っていた。

就職した家電の組み立て工場は、二十七歳になるまで勤めた。部署が変わって、新しい上司からすれ違いざまにいきなり蹴られたり、ささいなミスについて大声で罵《ののし》られたりするようになり、辞めることにした。「十年働けば永年勤続で金一封がもらえる、あと二年がんばれ」とせこい引きとめられかたをしたが、二年も蹴られたり罵られたりすることに耐える自信がなかった。

村瀬は就職してからずっと会社の寮に住み、たいした贅沢《ぜいたく》もしてこなかったから、その頃にはすこしは貯金があった。そこではじめて「バイトでもいいから、どうせなら一生にいっぺんぐらいは好きなところで働いてみたいなあ」という思いが芽生えた。

それまでの村瀬にとって仕事は「好きなこと」や「やりたいこと」などというぬるいものではなかった。ただ食うため、生き延びるために死に物狂いでやる行為でしかなかった。「好きなことを仕事に」なんていうのんびりした態度で勤め先をさがせるのは、恵まれた人間だけだと思っていた。でも今なら俺もそういうものに手を出してみてもいいんじゃないか、と思えたのだった。

たかがバイト、と思っていたのに、面接のため待機していた部屋に現れた社長を見て、村瀬は「テレビに出てる人だ」と驚き、おおいにびびった。びびった、としか言いようのない反応を示した。具体的に言うと「オッフ」と叫んで後ずさりし、壁に後頭部を打ちつけた。

「希望はある？」

村瀬の履歴書をつぶさに読んだのち、社長はそのように問うた。フリフリの服を着ているのに声が野太かった。べつに声質と服装を合わせる必要はないのだが、その時の村瀬には強烈なギャップだと感じられた。

「メリーゴーラウンドを担当したいです」

気《け》圧《お》されつつも、正直に答えた。その理由も。

ああそう、と社長は両手の指を組んだ。中指に巨峰の実みたいなでかい石のついた指輪をしていて「これがブルジョアというものか……！」とあらためてびびったことを覚えている。

「好き、という思いが仕事の邪魔になることもあるのよね」

冷たい口調ではなかったが、村瀬の頬にはさっと血がのぼった。今までずっと馬鹿にしてきた「夢」とか「やりがい」とかいうものに向かっておずおず伸ばした手を、ぴしゃりと叩かれたようだった。

面接は終始盛り上がらず、「落ちるのかな」と思っていたが採用された。最初に配属されたのはコーヒーカップだった。その後におばけ屋敷。『ファンタスティック・スタールビーライド』も操作したことがある。

アトラクションごとに操作のための社内テストがある。操作手順、安全確認、非常時の誘導など、採点項目は多岐にわたるのだが、村瀬はこれまで、いつも満点に近い評価を叩き出してきた。ただ愛想がないことだけは、よく注意される。今でもそうだ。「もっとにこやかに」「もっと明るく」と注意を受けない日はない。しかし、けっして無能なバイトではないはずだ。いつかはメリーゴーラウンドを担当する日が来るだろうと期待して今日まで来たが、いまだにそのチャンスはめぐってこない。

あいつは最初から今までずっとメリーゴーラウンドなのに。三沢のげっ歯類のような前歯を思い出し、村瀬はいらいらと壁を叩く。

はじめて会った時から嫌いだった。三沢がバイトに採用された時から数えて約一年、嫌い続けている。いかにもだるそうな「〜っすね」「〜すか」という口調も気に食わないし、ひょろひょろした風貌も気に食わないし、実家が金持ちらしいことも気に食わない。

「村瀬さん、メリーゴーラウンドマニアってほんとっすか」

このあいだ、そう声をかけられた。村瀬は社長以外に、「メリーゴーラウンドが大好き」であることを話したことはない。ましてや「わたくしメリーゴーラウンドマニアでございます」と公言したことなどない。しかしほたるいしマジカルランドのスタッフはみんな村瀬にそういう趣味があると知っている。休みの日にもやってきていそいそと写真を撮るなどしていることを考えれば当然かもしれないが。

まあ、マニアってほどでは、と口数少なく答えると、三沢は「乙女っすね」と意味不明なことを言ってヒャラヒャラ笑い、村瀬はますます三沢が嫌いになった。乙女ってなんだよ。意味がわからんよ。ほんとうに「ヒャラヒャラ」と聞こえる三沢の笑い声が、いつまでもいつまでも耳に残って不快だった。

あれ以来ずっと村瀬は三沢を避けてきた。昨日だってしつこいぐらいシフト表で三沢の休みを確認し「よし、じゃあ見に行ってもだいじょうぶだな」と安心したのに、三沢は普通にメリーゴーラウンドの入り口に立っていた。誰かとシフトを交代でもしたのだろうか。

三沢はろくに客の姿も目に入っていない様子で、バイトの女子とぺちゃくちゃ喋っていた。木馬の上からポップコーンをぼろぼろこぼしている幼児にも気づいていなかった。物陰から見ていた村瀬は焦燥やらなにやらで胃腸がねじれそうだった。

ちっとも周囲が見えていない三沢は、そのくせみょうにめざとく物陰からメリーゴーラウンドを見ている村瀬を見つけた。

「あ、村瀬さーん」

うぃーっす、みたいな軽薄きわまりない挨拶をしてきた。なぜあんなやつがメリーゴーラウンド『フローライト・スターダスト』の担当なのか。なぜ俺はこうやって愛するあの子（メリーゴーラウンド）を物陰からのぞくことしかできないのか。三沢の隣にいるバイト女子はいったいなぜこっちを指さしてあんなにおかしそうに笑っているのか。あらゆる感情が爆《は》ぜ、身体の内側が焦げつくようだった。気がつくと駆け出していた。三沢の声はいつまでも追いかけてきた。村瀬さーん、村瀬さーん、うぃーっす、うぃーっすうぃーっす。無意識にひと気のないアスレチック広場の方向に足が向いた。トイレの個室に駆けこみ、しばらく頭を抱えていた。

どれぐらいその姿勢でいたのかはわからない。体感的には数時間だったが、実際の時間にすればほんの数分だったはずだ。呼吸その他が整うにつれ、村瀬の平常心も戻りつつあった。

たいしたことじゃない。だってもし三沢に無視されたら、それはそれで嫌じゃないか。俺もさらっと挨拶すればよかったんだよ、なにも走って逃げることはなかったじゃないか、馬鹿だなあ俺ったら、と自分を恥じながら用を足し、出ようとしたら、戸が開かなくなっていた。そして現在に至る。

　せまいばしょにきをつけよう

これはもしかして魔女ブルーサファイアの占い、いや呪いかもしれない。

今日園内に入ってきた時のことを思い出した。縁結びで有名な神社のお守りが落ちていて、インフォメーションに届けるのも面倒でそのへんの木の枝に引っかけてきたのだった。

ばちがあたったんだろうか。いやいやそんなはずはない。村瀬はぶんぶんと首を振る。そんなわけないだろ、ふざけるな。

怒ると、一瞬だけ足の痛みから気が逸《そ》れた。そうだ、この調子でもっとむかつくことを思い出してみよう、と村瀬は思いつく。

『パールのドールハウス』は園内のアトラクションでもひときわ人気がない。古びた人形が機械で動くだけなのだから無理もないが、それでもどうしたことかと思うぐらい人気がない。最初に見た時は「地味だな」とがっかりしたものの、ドールハウスで働くのは存外悪いものではなかった。バーニーとトッドが働いていた「町から町へ旅してまわるサーカス団」にはきっと風船売りやわたあめ売りに交じってこんな出しものがあっただろうと想像するのも楽しい。

軽快なのにどこかものがなしい音楽に合わせて踊る人形たち。彼らは見習い魔女パールの魔法で命を得たのだ。小屋の天井は藍色で、薔薇や菫《すみれ》や小鳥たちが描かれている。カーテンは深紅のビロードで、金の縁飾りがゴージャスだがすでに色褪せて、埃《ほこり》っぽい匂いがする。

きれいで、すこしさびしい。それが遊園地の醍醐《だいご》味《み》であり絶対条件であると村瀬は勝手に思っている。清潔第一の社長とは意見が異なる。

楽しいのに、どこかものがなしい。日常の世界に出現する非日常の空間。足を踏み入れた瞬間の興奮に、すでに「時が来れば、いずれここを出なければならない」という静かなあきらめが含まれている。刹那《せつな》の幸福。しびれる。あ、しまった、怒り続けるはずだったのにうっかり好きなもののことを考えてしまった。ひとり反省しつつ、ボディバッグからガムを取り出して口に入れた。トイレの個室の中で飲食するのは気が進まないが、空腹と痛みと寒さからすこしでも気を逸らすためだ。

ガムはずっとバッグに入れっぱなしだったせいか、ぼやけたような味がした。

何年か前に「ランチメイト症候群」に関するネットの記事を読んだことがある。一緒に食事をする相手がいないことを周囲に悟られることを恐れるあまりトイレの個室で食事をしたりする、というような内容だった。女性や若い男性に多い、と書かれていたが、村瀬にはその記事の内容になにひとつ共感を覚えなかった。ひとりで飯を食うことのなにがそんなに恥ずかしいのか。

村瀬は誰かと一緒に食事をとることのほうが億劫《おっくう》だ。食べる速度があまりに違いすぎても申し訳ないような気がするし、そもそも相手は自分と一緒にいて楽しいのだろうかと考えてしまう時すらある。

そんなことを考えながら食べるぐらいならいっそひとりで食べているほうがよっぽど楽

だし、ひとりでいるところを周囲の人から見られてもどうということもない。友だちがいないことも、いないんだなと思われることも、甘んじて受け入れる。だが「あの人ったら友だちが欲しいんだな、さびしいんだな」と他人に思われることだけは、死んでも許せない。

　へんなプライドだけは高いよな、あんた。

　かつてそう言った女がいたことを思い出した。二年ばかりつきあっていたのだが、前の会社を辞めた時「将来性がアレ」と言われてふられた。

　恋人は村瀬を「草くん」と呼んでいた。甘える時は「草ちゃん」で、機嫌が悪い時は「あんた」だった。ひんぱんにアパートに訪ねてきては料理をつくってくれたが、全体的に味が薄かった。村瀬が塩や醤油《しょうゆ》などをかけようとすると怒った。関西は薄味の文化なのだから慣れるべきだと言われたが、それは昔の話だろうと村瀬は今も薄味云々の話を訝《いぶか》しんでいる。まず「関西」というくくりがでかいし、気になりすぎて図書館で調べたら「関西の料理は色が薄いだけであって、だしの味はしっかり効いているのでおいしいのだ」という趣旨の文章を見つけたし、それに大阪の人間はお好み焼きやたこ焼きを好むではないか。すこぶる味の濃いソースをどばどばかけて食べるようなものを、なぜあんなに好むのか。なぜスーパーマーケットにあんなに何種類もソースが置いてあるのか。矛盾しているではないか。ソース、あの黒くてどろどろした液体、あれのどこが「薄味」だというのか？　おいしいし自分も好きだけど薄くはないだろう！　いいぞ、とても腹が立つ。この調子だ。

声が聞こえたような気がした。低い男の声。続けて、女の声。男の声は国村佐門の声に似ている。女は間違いなく萩原紗英だ。彼女の声には特徴がある。低すぎず高すぎず、大きな声ではないのに遠くまでよく届く。聞いていて心地よい声だから、すぐにわかった。

近くにいるなら、気づいてくれないだろうか。助けて、と声を出しかけてやめた。よりによって彼らに助けを乞うのは、あまりに屈辱的ではないか？

ほたるいしマジカルランドのメリーゴーラウンド『フローライト・スターダスト』は最高だが、働いている人間はみんな最悪だ。自分よりあとに入ってきたやつはだいたい馬鹿だし、上のやつらは見る目がない。こんなにもまじめかつ優秀な自分を、いつまでも『パールのドールハウス』みたいな地味なアトラクションに閉じこめて、おまけに社員にしようともしない。

萩原紗英とは以前は同じアトラクションを担当していた。よく言えば誰にでもフラットな態度で接する、悪く言えばだから、記憶に残りにくいタイプだった。

だが彼女は社員になった。総務から「社員登用試験を受けるように」と声をかけられたという。村瀬はそんなこと、一度も言われたことがない。きっと萩原紗英が女だからだ。当時の部長は五十代の男性だった。いやべつに萩原紗英が色仕掛け的なことをしたとかそういう言いがかりをつけたいわけではない。ただ「インフォメーション向け」だと判断されたのであろう彼女の資質、すなわち他人を威圧することのない小柄な体格や、感じのいい笑顔やきれいな声をひとことで表現しようとするとどうしても「女だから」になってしまう。

　女はいいよな、などとは言わない。自分がそんな僻《ひが》みっぽいことを考えているなんて認めたくない。ただ萩原紗英と同じぐらいまじめにやってきたつもりなのに、村瀬ではなく彼女に声がかかったのはどうしてなのかということを、自分なりに分析しただけだ。

　社員登用試験を受けたら社員になれるかもしれないのならば思い切って受けてみようかなと思う。いやぜったいにごめんこうむるとも思う。

　自分から「社員にしてください」と頭を下げるなんて。社員登用試験を受けるのであれば、ぜったいに会社側から「社員になってください」と乞われて「それならば」という態《てい》で受けたい。

　あなたはここに必要な人間だ、と言われたい。

へんなプライドだけは高いよな、あんた。

恋人はなにもわかっていなかった。プライドにへんもまとももない。プライドはプライドだ。ぜったいに守りぬかねばならぬものだ。そうではないのか。

それにしてもこのトイレは寒い。指先に息を吹きかけ、身体を揺する。閉園三十分前だ。日はずいぶん傾いているだろう。ここからではたしかめようがないが。

あと数日もすれば、園内ではイルミネーションがはじまる。華やかなイベントの開始とともに『パールのドールハウス』は営業終了を迎える。小屋は解体され、人形たちは廃棄処分になるだろう。昨日、国村佐門が村瀬のもとに来て『パールのドールハウス』営業終了後の担当アトラクションについてはあさって話し合いましょうと言い残して去っていった。

つまり、明日だ。人員整理の噂は当然聞いているが、村瀬は自分が対象だと思ったことはない。だが「壊れたトイレにひとり閉じこめられる」などという間の抜けた姿を佐門が見たらどう感じるだろうか。「うわ、アホや、人員整理対象者リストに入れたろ」などと思われてはかなわない。国村佐門にここにいることを知られるのは危険すぎる。

ふたりの声はまだ聞こえている。トイレのすぐ近くで話しているらしい。ふたりとも勤務中だろうに、なんでこんなところで？　もしかして密会？　おふたりはつきあってるんですか？　そんなところに「助けて」などと割りこむのは無粋では？　という新たな逡巡《しゅんじゅん》も発生し、どうしよう、ああもうどうしよう、と焦ったところで右足首がずきんと痛んだ。

へんなプライド。けっしてへんではない。仮に他人から見てへんだとしても、それがなければここまでやってこられなかった。だけど今はそれを捨てるべきだ。なんなら今ここでトイレに流す。決めた。流す。プライドを。トイレに。足首を庇いながら、村瀬は壁につかまって立ち上がる。

「萩原さん！」

必死に絞り出したはずの声は、存外小さかった。息を吸って、ふたたび声を張り上げる。

「萩原さん！　佐門さん！　そこにいますか？　萩原さん！　佐門さん！　萩原さん！佐門さん！　俺です！　村瀬です！」

話し声が止んだ。足音が近づいてくる。

「村瀬さん？」

間違いなく萩原紗英だ。戸が壊れてるみたいで開かないのだと言うと「ええ？　そうなんですか？」と頓狂《とんきょう》な声が返ってくる。

「そうなんだよ。押しても引いても動かなくて。そっちから見てどうなってる？」

えっと、と戸惑うような声がした。

村瀬の目の前で、戸が音もなく開く。押されるでも引かれるでもなく、すっと横に滑るようにして。

最悪だ、いや激悪で超悪だ、と百回ぐらい思った。萩原紗英につきそわれてタクシーで病院に行き、医師に向かって足を痛めた状況を説明するあいだにまず三十回ぐらい、それからエックス線写真を撮ったあと「ただの捻挫です」と診断され、包帯を巻かれているあいだに七十回ぐらい、というのが百回の内訳だった。

自分で入って鍵を閉めたトイレの引き戸を開き戸だと思いこんでいたことが、萩原紗英にばれてしまった。なぜ思いこんだのかというと動揺していたからだが、なぜ動揺していたのかということは知られたくない。もしそこまでばれたら「最悪だ（以下略）」の数は百では足りない。

おまけに「折れてる、ぜったい折れてる」と大騒ぎしたのに、結局ただの捻挫だったというのも死ぬほど恥ずかしい。明日顔を合わせたらなんと説明すればいいのだろう。そう思いながら病室を出たら、萩原紗英がいた。長椅子に足をそろえて行儀よく腰掛け、文庫を読んでいる。カバーがかかっていて、なんの本かはわからない。村瀬に気づいて「あ、どうでした？」と立ち上がる。

「捻挫だって」

ぼそっと答えると、聞き取れなかったらしく「え？」と身体を寄せてくる。ふわりと甘い匂いが漂った。

「捻挫だったんだよ。捻挫」

「捻挫？　じゃあ骨は折れてないんですか？」

例のよく通る声で繰り返す。恥辱のあまり気が遠くなりながらもなんとか頷いた。

「よかったですね、折れてなくて」

萩原紗英は心底「よかった」と思っているらしく、そのやさしさがさらに村瀬を恥じ入らせる。

「ま、待ってなくてよかったのに」

「え？」

「先に帰っててよかったのに、なんで待ってたの」

萩原紗英が目を丸くして黙りこむ。傷つけてしまったのかと焦ったが、ややあって「言われてみればそうですね」と頷く。

「村瀬さんを待たずに帰る、という選択肢が思い浮かびませんでした」

待っていてあげなければならない、ではなく、待つべきだ、でもなく、待たないという選択肢そのものがなかったという目の前のこの人は、自分とまったく異なる性質の持ち主らしい。めずらしい生きものと遭遇した場合まずそうするように、注意深く観察する。めずらしい生きものは村瀬に向かって「実はわたし今、ちょっと口が焼き鳥で」とわけのわからない発言をした。

「え、ごめん、なに言ってるのかぜんぜんわからない」

「あ、そうですよね。すみません」

萩原紗英が「この本にね」と持っていた本を掲げる。掲げられても布のカバーがかかっているのでタイトルすらわからない。

「焼き鳥を食べる場面が出てきて。だから今ものすごく食べたいんです。今から食べに行きません？」

それが「口が焼き鳥になる」ということなのか。じゃあロシア文学を読んだら口がピロシキになるのか。「口がピロシキ」とか言うのか。まあ、言うのだろう。萩原紗英なら。

萩原紗英は村瀬の返事を待たずに「痛みます？」「歩けます？」と気《き》遣《づか》いながら目星をつけていたらしい焼き鳥屋に村瀬を誘導する。

助けてもらって、なおかつ病院にまで送ってもらったわけだから、この場合の会計は自分が持つのが当然の理《ことわり》であろう。村瀬はテーブルの下で財布のなかみを確認する。鎮痛剤を処方されたのでアルコールは自重したほうがよかろうと考えている村瀬に一切遠慮を見せることなく、萩原紗英はすこぶるうれしそうにビールのジョッキ（大）を傾けている。店員が来るなりねぎまだ砂肝だせせりだつくねだとものすごい勢いで注文したのち「村瀬さんはなににしますか」とメニューを差し出してきた。焼き鳥丼を注文し、店員が去ったあとで「萩原さんってひとりで食事するのは苦痛？」と訊ねてみた。

病院に村瀬を置いて帰るという選択肢がなかったように「ひとりで食事をする」という選択肢そのものが、萩原紗英にはないのかもしれない。「食事に誘ってくるなんて、もしかして俺に気があるのかなウヒョー」などと喜べるほどおめでたい性格ではない。

萩原紗英は手にしていたジョッキ（大）を置き、考えるように首をひねる。

「ひとりでごはんは平気ですけど、こういうお店に入る時は、誰か一緒のほうが楽ですね」

「こういう、って？」

「お酒を出してるようなお店。ひとりで行くと、ほかのお客さんに声をかけられることも多いし」

「ナンパとか？」

「そういうんやなくて。普通に絡まれることもあるし、女がひとりでごはん食べてるイコールさびしいみたいに思うのか、善意で話しかけてあげてますーみたいな人もいてて。これがけっこう、めんどくさいです」

絡まれる、とぼんやり繰り返す。村瀬はひとりで食事をしていても他人に話しかけられたことなどない。存在しないかのようにふるまわれることはしょっちゅうあるけれども。

「そんなことあるんだ」

「ありますよ。映画館でも、ひとりで行ったら『女性ひとりはあぶないよ、僕が隣に座ってあげる』とか言ってくるおじさんとかいるんです。こわいです」

運ばれてきた焼き鳥を食べながら、萩原紗英は女がひとりで行動する場合の弊害《へいがい》について喋り続けた。男性連れで乗車したタクシーの運転手は丁寧だが、ひとりで乗った場合の運転手は七割がた（「これを多いととらえるか少ないととらえるかは村瀬さん次第ですけどね」）ぞんざいなタメ口であるとか、インフォメーションでも萩原紗英には高圧的な態度だった客が奥から出てきた男性社員相手にはおとなしくなるといった事例をつぎつぎと挙げながら、焼き鳥の串をどんどんきれいにしていった。話の内容とはべつにそのことに驚嘆する。村瀬の焼き鳥丼はまだ来ない。忘れられているのかもしれない。

「萩原さんは、箸で串からぜんぶはずして食べないんだね」

恋人がそうしていたので、女はみんなそういう食べ方をするのだと思っていた。彼女は村瀬とふたりの時だけでなく、複数人で焼き鳥を食べる時にもそうしていた。村瀬以外の複数人から「気が利くね」「女子力がすごい」などとほめられてもいた。

「串から直接食べたほうがおいしいので」

「じゃあ一緒に食べてる相手が箸ではずしたら嫌？」

萩原紗英は空になった串を手に、しばらく首を傾げていた。なにを訊ねても真剣に考えて、真剣に答える。

「べつに嫌ではないです。人それぞれなので」

村瀬は嫌だった。恋人がそういう食べ方をすることではなく、串からはずさない自分を非常識だと決めつける恋人のふるまいが嫌だった。

会社を辞めたことは村瀬自身の問題なのに「わたしのことほんとに好きで将来のこと考えてくれてるなら簡単に会社辞めたりせんのとちゃう」とものすごい論理の飛躍を見せたのち「将来性がアレ」と言い切ったことも嫌だった。

でも自分もそうだったのかもしれない。ありとあらゆることを勝手に思いこんで、決めつけていた。恋人をはじめとする周囲の人間すべてにたいして。

「さっき話したこともそうです。すべての女の人がわたしと同じ目に遭ってるわけじゃない。同じ目に遭っても気にしない人もいる。でもわたしは気にするし、警戒しながら生きてます。村瀬さんをここに誘ったのは男の人が一緒にいたら安心だというのもたしかに理由のひとつです」

　小柄でかわいらしくて得することも多かろう、と萩原紗英にたいして勝手に思っていた村瀬は「そっか」と頷くことしかできなかった。

「たいへんなんだね」

「いいえ」

　萩原紗英は空になったジョッキ（大）を置いて、首を振る。

「それがわたしなので」

　片手をあげて、店員を呼びとめて（大）のおかわりを注文している彼女が急にまぶしくなって目を細める。それがわたしなので。潔さはまぶしい。

「萩原さん、さっきの本、見せて」

　カバーをはずして、文庫を手渡してくれる。知らない作家の、知らない本だった。

「好きなの？　この人の本」

「はい。ごはんの場面がぜんぶおいしそうなところがいいです」

　萩原紗英はかなりの本好きのようだった。最近おもしろかった本は、という質問に、即座にいくつもタイトルを挙げ、楽しそうにどこがおもしろかったのかを説明してくれる。

文章をすらすら暗唱してみせるので驚いた。

「子どもの頃から好きだった？　本」

「そんなにたくさんではないけど、図書室にはよく行ってたかもしれません。『ナルニア国物語』とか好きでした」

俺も、と言いかけてからすこし迷った。メリーゴーラウンド好きなんですか、乙女っすね、と笑う三沢の顔が浮かび、口ごもったすえに「萩原さんは三沢ではない」と自分を鼓舞し、ようやく口を開いた。

「本のタイトルも作者名も覚えてないんだけど、子どもの頃に読んで忘れられない話があって」

「えー、どんな本ですか？」

村瀬が語るあらすじを聞いてふむふむと頷いたのち、萩原紗英はスマートフォンを取り出した。それってたぶんこれじゃないですか、と差し出された画面に『魔法使いのチョコレート・ケーキ』という本の画像が表示されている。

「あ」

図書室の風景が浮かんだ。差しこむ西日で、床が赤く染まっていた。小学校の床はどの部屋も傷だらけで、どんなに掃除をしてもかならず小さな紙屑《かみくず》がどこかに落ちている。

本棚に並ぶ背表紙はいずれも白くめくれてぼろぼろになっていた。生徒が描いた「本は大切に」というポスター。破られた本が涙を流しているような、せつない絵だった。校庭から少年野球の練習の声が聞こえていた。腹がぐうぐうと鳴り続けていた。本の世界と自分がいる場所は、とてつもなく遠かった。

「これだ」

あいかわらず他の話は思い出せなかったが、村瀬が愛読していた短編のタイトルはそのものずばり『メリー・ゴウ・ラウンド』だと判明した。

「わたしもこの本、読みました。うちにあるかも」

スマートフォンをしまいながら、萩原紗英がそう言ってふっと遠くを見る。

「わたしはこの『魔法使いのチョコレート・ケーキ』のチョコレートケーキがおいしそうやから、食べてみたいなとずっと思ってました」

「口がチョコレートケーキだったの？」

村瀬の言葉に一瞬きょとんとしてから「そうそう」と笑った。

「ケーキが好きなんだね」

「好きです」

ようやく焼き鳥丼が運ばれてきたが、もうれつな湯気があがっていて、なかなか箸がつけられない。中央にぷるぷるした温泉卵がのっていて、ようやく自分が空腹であったことを思い出した。

「食べに行く？　一緒に」

　自分にしては奇跡のようにスムーズに誘えたと思った。どうか「はい」と答えてくれますようにと願う。萩原紗英ともっといろんな話をしたり、食べるところを見たりしたい。その感情の内訳は、今はつまびらかにしないでおく。

「今からですか？　いえ、わたし毎晩二十二時には寝るので、もうすこししたら帰らないと」

　ものすごく困った顔をしている。

「いや……いや、今度口がチョコレートケーキになった時に」

「ああ。じゃあだいじょうぶです。行けます」

　やった、と言いそうになって、すんでのところでこらえる。その前に、あきらかにしておかなければならないことがひとつあった。

「さっきアスレチックの近くで、佐門さんと一緒にいたよね？」

　たしかにふたりの話し声が聞こえたのに、トイレに来てくれたのは萩原紗英ひとりだった。

「話してたのは、佐門さんじゃないですよ。ライターの人です。あ、そういえばいつのまにかあの人、いなくなってましたね」

「……ライター？」

『ライター　たなかじろう』という名刺を持った男が、インフォメーションに来て村瀬のことを訊いてきたのだという。今日は休みだと答えたら、ちょうどそこに居合わせた佐門から「さっき園内ですれ違ったけど」と教えられた。

「赤い顔して、アスレチックのほうに走っていった」

佐門に見られていたのだ。まったく気づかなかった。萩原紗英はたなかじろうなる男と一緒に歩いてアスレチックに向かい、屋外トイレから助けを求める村瀬の声を聞きつけた。

「お知り合いじゃないんですか？　ライターのたなかじろう」

そんな職業の、そんな名前の知り合いはいない。

「なんだろう、そいつ」

「わかりません、わたしにも」

村瀬さん、しかもその人ね、と萩原紗英が身を乗り出した。顔がぐっと近づく。「あ、うん」と応じた声がみっともなく上擦ってしまった。

「昨日も来てたんですよ。自分のおじいさんと一緒に。今日は髪型変えて、メガネかけてたけど、同じ人だった」

そのおじいさんは男を「じろう」ではなく「ゆう」と呼んでいたという。

「なんていうか、すごくあやしくないですか？」

「あやしいね」

謎の男、たなかじろう（仮）。萩原紗英は気づかなかったというが、トイレの中から聞いた声は佐門にそっくりだった。声というか、喋りかたが。

「それにしてもそんなあやしい男を、よくひとりで案内してきたね」

「だってそれがわたしの仕事なので」

胸を張る萩原紗英はかわいくてかっこよくて、やっぱりまぶしかった。どうして今まで気づかなかったのだろう。

帰ったらさっそく、チョコレートケーキのおいしい店を検索しよう。それからもうひとつ、やらなければならないことがある。村瀬はようやく箸を取って、食べはじめる。とりあえずこれを食べて力をつけよう。

＊

ものすごいスピードでキーボードを打つ音が病室に響いている。数日前から入院している母には「安静に」という指示などまるで通用しない。

「勘弁してくれよ」

ゴミ箱からエクレアの袋が飛び出しているのに気づいて押しこんだ。こんなものまで食べて。

「それは佑が食べたんや」

パソコンの画面を睨んだまま、母が言う。佐門はただ「勘弁してくれよ」としか言っていない。心を読まれているようで気分が悪い。とりわけその相手が母親で、なおかつ社長ならば。

「佑、またここに来たん？」

「朝から昼までずっとここにおって、エクレア食べて帰った。まあお見舞いでもらったやつやし、わたしが食べろって言うたんやけどな」

あいつ暇か、と呆れながら昨日の出来事を思い出した。インフォメーションに入ってきた佑を見て、びっくりしてあやうく叫ぶところだった。「ライター　たなかじろう」という偽名丸出しのぺらぺらした名刺を持った佑はメガネをかけ、髪をまったく似合わない横分けにしていた。あれは、変装のつもりだったのだろうか。佑は佐門と目が合っても平然としていた。村瀬のことをさがしているようだったが、会えたのだろうか。

「あれってお母さんの差し金やんな？」

母は答えない。黙ってパソコンの画面を睨んでいる。

「俺、質問してるんですけど」

ぱたぱた。ぱたぱた。またキーボードを打ちはじめる。

「なんなん、たなかじろうって。ライターって」

「いや、そのほうがおもろいやん」

母は昔からそうだった。おもろいやん、でなんでも説明できると思っている。それに呆れるのが佐門で、喜んで同意するのが佑だった。

「社長が知りたいのは、あのメールの送り主ですよね」

勤務中の口調にあらためると「ぱたぱた」がようやく止まる。

ほたるいしマジカルランドの公式サイトとはべつに、「目安箱」と呼ばれるメールフォームがあり、従業員だけがその存在を知っている。匿名での送信が可能な設定にしたのは、忌憚《きたん》なき従業員の意見や要望を聞きたいという社長の意思によるものだった。


働くのがつらいです。

たった一行だけのメールだった。受信日時は社長の入院の直前になっている。社長からそのメールを見せられた時、佐門は「いたずらでしょう」と即答した。そう深刻にとらえることはないと言ったのに、社長はずっとこのメールにこだわっている。

「働くのがつらいなんて、それはあかんで」

社長は唇をかたく結んでいる。個人的な問題であると看過すべきではない、職場の環境自体に問題があるのかもしれない、と考えているようだ。

最近佑に園内の様子をさぐらせているようだが、まさかそんなことでメールの送り主が判明すると本気で思っているのだろうか。それも「おもろいやん」の一環なのか。

「ああ、ところでひとつ報告がありまして」

さっき村瀬から電話がかかってきた。社員登用試験を受けたい、という。村瀬とは明日、新しく担当するアトラクションについて話し合うことになっていた。明日まで待てずに電話をかけてきたのか。なにかきっかけがあったのか、と思うがそれをさぐるのは自分の役割ではない。

「いいですよ」

佐門が答えたら、村瀬は電話の向こうでしばらく黙っていた。

「どうかしました？」

長い沈黙のあとで、村瀬は言った。「いいえ、こんなにシンプルなことだったんだな、と思って」と。すこし笑ってもいるようだった。

報告を聞いた社長はフン、と鼻息を吐く。

「なんでも難しく考えすぎやねん、あの子は。そう思わへん？」

「自己評価がわりと高いタイプに見えますね」

すこし考えてから、自分の印象だけを口にする。

「村瀬のさ、メリーゴーラウンドにたいする謎の執着心知ってる？」

「知ってます、有名な話なので」

村瀬は休みの日にも、よくほたるいしマジカルランドに来てメリーゴーラウンドを見ている。社長も一度、その現場に出くわしたことがあるという。

「ちょうどメリーゴーラウンドに乗ってた若い女の子のお客さまがおったのよ。その子、アイス食べながら乗ってきたんやけど、アイスをぼたっと床に落としちゃってさ。それ見てた村瀬の顔！」

鬼のような形相で睨みつけていたという。あの時メリーゴーラウンドを操作していたのが村瀬だったら、怒鳴りつけるぐらいのことはやっていたと社長は断言する。

「そりゃアイス食べながら乗られるのはたしかに困るよ。けど、あそこまでの思い入れは仕事の邪魔になるって」

過度の思い入れは仕事の邪魔になる。村瀬もいつかそのことに気づくだろう。いつかがいつなのかということを考えるのも、やっぱり自分の役割ではない。でもそんなに先のことではない気がする。

パイプ椅子の上に畳んでおいた上着を着こみ、ベッドに背を向ける。社長から明日の打ち合わせについて訊かれて、背を向けたまま短く内容を説明した。

「手帳見んでだいじょうぶなん？」

そんなことを問う社長は、もしかしたら自分が手帳を失《な》くしたことに気がついているのかもしれない。感情が表に出ないタイプだと他人にはよく言われるが、相手が母親ならとりわけ慎重になる必要がある。背を向けたまま「予定はぜんぶ頭に入ってますから」と答えた。

まだ残っている仕事のために、事務所に戻らなければならない。あとでもう一度手帳をさがそう。佐門の一日の終わりは、まだ遠くにある。

水曜日

WEDNESDAY

Yaeko Shinozuka

篠塚八重子

手をあーらーいまーしょー。ランランラン。ランランラン。頭の中で流れる歌にのせて、八重子はほとばしる水に手を差し入れる。声に出しては歌わない。だってそんなの滑稽だ、とどうしても思ってしまう。もうすぐ五十歳になる女が手を洗いながらひとりで歌っているなんて、あまりにも、と。

仕事を終えた後は、いつも入念に手を洗う。せっけんを泡立て、手のひらをこすり合わせ、続いて手の甲、今度は手のひらに爪を立ててくるくると動かす。指のあいだは両手を組み合わせてしっかりとこする。親指のつけねと、それから手首も。なによりも大切なのは時間をかけて、流水でしっかりすすぐこと。「てをたたきましょう」の替え歌を歌い終えるまで。

「てをたたきましょう」は足踏みしましょう笑いましょうと展開していくが、八重子の歌は手を洗いましょうとランランランのくだりをえんえんと繰り返すだけだ。

大翔《ひろと》はおさない頃、手の洗いかたがどうにもいい加減だった。しょっちゅう手首のあたりに泡をつけたままにしていた。なんとかしっかり手洗いをさせようと替え歌を考えた。この歌を歌っているあいだは水を出しっぱなしにしてすすぎ続けるんやで、というわけだ。

八重子は息子に手の洗いかたを教え、箸の使いかたを教え、ごはんの前にジュースを飲んではいけないことや靴を脱いだらそろえることなどを教えた。けれども親としていちばん大切なことは、ついぞ教えることができなかった。

　清掃スタッフとしてこのほたるいしマジカルランドに通うようになって、もう一年以上経《た》つ。清掃の仕事自体は、もっと前から続けている。以前の勤務先は大学病院だった。

　大学病院の前はショッピングモール。あそこはほんとうにひどかった。手洗いの仕上げにアルコールジェルを手にすりこみながら思い出す。鏡の中の自分と目が合う。知らず知らずのうちに眉間に皺《しわ》が寄ってしまっていた。

　しょっちゅう床になにかがこぼれていた。ジュースだとかコーヒーだとか、そういったもの。時間が経つとべたべたして、汚れを落とすのに難儀する。モールの広場には仕事や行き場のない人びとが朝から晩までたむろしていた。彼らもここにいたくているわけではないのかもしれないと思いながらその脇をモップ掛けしていると、よく「なに見てんねん」と絡まれた。嫌味ったらしい目で見んといてくれ、と言われたが、もちろん八重子にはそんなつもりはなかった。そこにいるだけで不興を買うということが、なぜかよくある。子どもの頃からそうだった。

　トイレもひどかった。男性用女性用問わずである。しょっちゅうトイレットペーパーが盗まれた。汚れをきれいにするのが仕事だと言っても、限度があると思った。どんなふうに排泄《はいせつ》したらこんなふうに床をびしょびしょにできるのか、どんなふうにトイレットペーパーのかけらを床に散らかすのか教えてください、と泣きたくなったことも一度や二度ではなかった。

　あれに比べたら、ほたるいしマジカルランドは天国みたいな職場だ。ひたすらだだっぴろい、ということを除けば。園内のトイレを数箇所まわるだけで相当な運動量になる。今一日何歩歩いてんのかな、活動量計っていうやつを買ってみようかな、などと思ったりもするが、すぐに「もったいないわ」と打ち消す。数千円の買いものでも生活にぜったいに必要なもの以外は買うべきではない。まだ借金だって残っているのだから。

　ここ数年、服も下着もほとんど新調していない。靴下は繕《つくろ》って穿《は》くし、タオルはごわごわのバリバリになるまで使い、いよいよ穴が開いたら今度は雑巾にする。ひとり暮らしの住まいは六畳ひと間のアパートで、おしゃれなわけでも住み心地が良いわけでもないが、清潔に保っている。

　別れた夫の洋介《ようすけ》は片付けがへたくそなくせに、みょうに潔癖なところがあった。床にゴミが落ちていると嫌な顔をした。そのくせ自分が食べたあとのお菓子のくずだとかみかんの皮だとかを、いつまでもいつまでもテーブルに放置しておく悪いくせがあった。大翔が一歳になる前に、夫が放置したチョコレートの包装紙の切れっぱしを飲みこんでしまったことがあって、泣きながら病院に駆けこんだ。夫は自分の所業を棚に上げて「ちゃんと子どもを見とかなあかんで」と八重子を責めた。

子どもを産むことも育てることもはじめてで、わからないことばかりで、そのわからないことを訊ける人も、ひとりもいなかった。両親はすでに他界していたし、きょうだいも友だちもいなかった。

自分と世間とのあいだには、いつもすこしだけずれがある。いつもそう感じる。小学校の頃に図工の時間に絵を描くと、そのずれを如実に感じた。鶏の絵を描くとみんなは横向きなのに八重子ひとりだけ正面からのアングルで描いていた。

同じことについて話しているつもりでも、なんとなく噛《か》み合わないことが多かった。みんながかっこいいと言うアイドルの魅力がよくわからなかった。みんながおいしいと言うお菓子の味があんまり好きではなかった。

大きくずれているのなら「個性的な人」として認知されたのかもしれないが、いつも「すこしだけ」だった。常にぎりぎり周囲に埋没することができ、でもけっして好かれてはいない、という程度のずれ。

更衣室で私服に着替えて、髪の乱れを直す。化粧はしていないから、直す必要がない。タイムカードを押して外に出ると、ひんやりとした空気に包まれる。ちょっと前まで半袖でうろうろしていたのに、最近は夕方にはコートを着こみたくなる。

従業員通用口から外に出て、ほたるいしマジカルランドの入場ゲートの前を通り過ぎた。

ゲート前の広場の花壇からかすかに土の香りが漂う。あれらの植物は、すべてほたるいし園芸が管理していると聞いた。八重子が勤める株式会社ほたるいしクリーンサービス、株式会社ほたるいし園芸、および株式会社ほたるいしマジカルランドは、もともと蛍石市内を横断する私鉄の会社の清掃サービス部門、園芸部門、遊園地事業部門だった。十五年ほど前にそれぞれ独立した三つの会社になったらしい。らしい、と知っているだけで、くわしい経緯までは八重子にはわからない。

八重子がほたるいしクリーンサービスに雇われたのは一年とすこし前で、その話は採用された直後に部長から聞いた。部長は件の私鉄の会社で数十年働いたのちにほたるいしクリーンサービスに出向でやってきたという人だ。なぜかほたるいしマジカルランドの社長の存在を異様に意識している。敵視、と言ってもいいぐらいだ。

「ほたるいしマジカルランドの社長、知ってるか？　そう、あのＣＭに出とる女や。マジカルおばさんな。もとはおみやげ売り場のパートやったんやで。なにをどうやって社長にまでなりあがったんやろうなあ」

ほたるいしマジカルランド復活の立役者とか呼ばれて。あーあ、女はええよな。部長は吐き捨てるように言っていたのだが、八重子にはいまだにその意味がわからない。女であることと、長らく人気が低迷していたほたるいしマジカルランドの人気が復活したことと、いったいなんの関係があるのか。

ただの嫉妬やろか、と見当をつけたりもする。ばりばり活躍する女が嫌いな男はいる。洋介もそうだった。健康器具の営業をしていた彼は、自分より営業成績の良い女性社員のことを「手でも握らせて契約をとったに違いない」と決めつけていた。

その頃専業主婦だった八重子にたいしては「三食昼寝つきか、けっこうなご身分やなあ」と文句を言った。女が嫌いなのに女の手を借りずには生きていけなかった洋介は、八重子と離婚して一年後に再婚した。

眼科の受付で働いている、夫より三歳上の女性だった。名前は、美里《みさと》さん。八重子とはまるでタイプが違う。はっきり言うと、ぞっとするほど夫の実母に似ている。出産の経験も育児の経験もないらしいのに、全身から醸《かも》し出される雰囲気は八重子よりずっと母親らしかった。

夫の再婚を知った時、いてもたってもいられず彼女が勤めている眼科を訪れた。どんな人が大翔と一緒に暮らすことになるのか、どうしても知りたかった。

保険証を差し出し、「目が痛いような気がする」というむちゃくちゃな来院理由を口にした。美里さんは八重子を静かに見つめ、保険証を押し戻してきた。「大翔くんのお母さんですね、道向かいのファミリーレストランで待っててください、お話をしましょう」という言葉とともに。洋介さんの前の奥さんですね、とは言われなかった。テーブルをはさんで向かい合った彼女は、自分も二度目の結婚なのだと八重子に打ち明けた。最初の夫との離婚の理由は「どうしても子どもができなかったから」だったと。

「八重子さんの代わりに母親になれるとは思っていません。ほんとうの母親にはけっしてかなわないでしょうが、精いっぱい努力します」

深く頭を下げる美里さんのつむじを眺めながら、八重子は「この人は知らんのやろか」とぼんやり思っていた。知らんのやろか、この人は。わたしが母親に向いてない女やってことを。なんやったら、もう人間に向いてないと言ってもいいぐらいやってことを、と。

知らなかったはずはない。洋介は離婚時に八重子を「母親失格や」と強く詰《なじ》り、怒りに任せてほうぼうで言いふらしもした。八重子は一切反論しなかった。まったくもってそのとおりだったと思っていたから。

再婚をしようという相手に、洋介が話さなかったはずがない。それでも美里さんは、八重子を「大翔の母親」として扱い続けた。「かなわない」とまで言った。そんなわけがないのに。

冷たい空気を吸うと、鼻の奥がつんと痛んだ。入場ゲートの前のベンチに座ってスマートフォンをいじっていた若い男が顔を上げて八重子を見たが、すぐにまたもとの体勢に戻る。

　夕飯はいつもごはんとお味噌汁《みそしる》と、おかずは一品だけと決めている。でも今日は給料日だから、外食をする。月に一度だけ『食堂のがみ』に寄る贅沢を、八重子は自分に許している。

『食堂のがみ』はほたるいしマジカルランドから駅へと続く道の中途にひっそりとある。歩いている時に魚かなにかを煮つけているような香りが漂ってきて、それを辿っていくようにして見つけた。匂いを辿らねば、とても発見できないような地味な佇《たたず》まいだった。大通りに面しているし、看板だってちゃんと出ている。でも『食堂のがみ』はいつだって、存在自体がひっそりしている。

　ひと文字ずつ「の」「が」「み」と白く染め抜かれた藍色ののれんをくぐって、店に入る。はじめて足を踏み入れた時は、他の客がひとりもいないことに臆《おく》した。愛想のない店主にも。けれども出てきた煮魚定食はおいしかった。甘めの味つけが九州出身の祖母がかつてつくってくれた料理とよく似ていた。もしかしたら同郷なのかも、と思ったが、もちろんわざわざ訊ねはしなかった。

　女性の店主ひとりでやっている店らしい。年齢は八重子と同じぐらいだと思われるが、八重子よりずっと背が高い。正確な数値までは不明だが、そこいらの男性よりはよほど大きく見える。身体は大きいが、声は小さい。小さいが聞き取りにくいわけでもないという、ふしぎな発声法だ。

のっそりと注文を取りに来て、そのまま厨房《ちゆうぼう》に引っこんで調理をし、またのっそり料理を運んでくる。「いらっしゃいませ」「はい」「いいえ」「八百円です」「ありがとうございました」以外の言葉を発するところをほとんど見たことがない。他の客から野球がどうとか天候がどうとか話しかけられても、だいたい「はい」「いいえ」「そうですか」と言って済ませている。

おしぼりで手を拭《ふ》いてから「煮魚定食をひとつ、お願いします」と告げた。

はい、といつものように短く答えて、店主が厨房に消える。壁に貼られたメニューの「ビール（瓶）」や「日本酒」の文字は見ないようにする。すぐに湯気の立つごはんや味噌汁がのった盆が運ばれてきて、八重子は両手を合わせる。いただきます。ありがとうございます。また明日からも、がんばります。

感謝をしなくてはならない。

今日もこうして生きていることに深く感謝をして、明日もつつましく勤勉に生きねばならない。

『オパールのマジカル鉱山』の裏手にポップコーンがぶちまけられている。スタッフ全員に装着させられている無線に、そんな連絡があった。すぐ向かいますと返事をして、足を速める。子どもがはしゃいで転びでもしたのか、紙の容器ごと放置されていた。周囲に人の姿はない。

そろいの帽子をかぶった保育園児の行列が脇を通り過ぎていく。今は遠足のシーズンで、平日でも毎日のようにどこかしらの保育園か幼稚園の子たちがやってくる。彼らはゴミを散らかさない。弁当と水筒持参でやってきて、ちゃんと後片付けまでして帰っていく。

赤ん坊に近いような月齢の子は四人乗りのカートみたいなものに乗せられて、もうすこし大きい子は二列になって手をつないで、ぞろぞろと行き過ぎる。

手足が短く、高い声でぺちゃくちゃお喋りをする彼らは小さい人間というよりひよことかそういった生きものに近いと感じられる。かわいらしく、やわらかい生きものたち。どこもかしこもすべすべの、ぷくぷくの。大翔もそうだった。なにかに集中している時、あるいは興味深いもの（それは鳩《はと》だとか水たまりだとか、大人から見ればめずらしくもなんともないものだったけれども）を見つけると、唇がくちばしみたいにちくっと尖《とが》った。ひよこちゃんと呼びかけると、大翔はいつもまわらぬ舌で「ひよこやないでひろくんやで」

と訴えた。

ほうきとちりとりでもってすばやく、散らばったポップコーンを集める。ゴミ袋に移そうと腰を屈《かが》めた拍子に、植えこみの陰に潜んでいる人間を発見した。思わず「わっ」と声が出る。

ダンゴムシなのかな？　と思うほどまるく身体を縮こまらせている。抱えた膝に顔を伏せていて誰だかわからないが、どうも女性のようである。

「あの、どうかしましたか」

具合でも悪いのかと声をかけると、相手はゆっくりと顔を上げた。目と鼻が真っ赤になっている。胸元の『堀』と書かれたネームプレートが見えた。この茶色と白のストライプのブラウスはたしかフードコートのスタッフの制服ではなかったか。堀という少女の顔がふたたび伏せられる。少女、と呼んで差し支えなかろう。どう見てもまだ十代だ。

「だいじょうぶ、です」

くぐもった声が腕のすきまから漏れる。具合が悪いのなら救護室に、と言いかけてやめた。なにか嫌なことでもあったの、と訊くこともできない。とつぜん現れたおばさんにそこまで干渉されたら迷惑かもしれないから。

わたしはいつも他人との距離感を間違える。八重子は奥歯をごりごりと噛みしめる。虫歯はないはずだが、かすかに痛む。その痛みをもって、自分への戒めとする。忘れるな、けっして。世界と自分とのあいだに横たわる溝を。

なにか嫌なことでもあったのかと訊ねる代わりに、ポケットから飴《あめ》を取り出した。すこし迷ってから、ティッシュを一枚しいて、堀さんの足元に飴を置いた。

泣くことは恥ずかしいことではないけれども、泣いている姿を他人に見られるのはきっと恥ずかしいことだ。すくなくとも八重子にとってはそうだ。だから泣いていることに気づかなかったふりをした。迷ったすえに「鈍感でちょっとだけおせっかいなおばさん」というポジションを選んだ。

「鼻声やね。風邪かな。ビタミンCののど飴あげる」

ほんならね、と背を向けて歩き去った。十七、八歳ぐらいだろうか。大翔と同じぐらいに見えたけど、女の子は大人っぽい。女の子は大人っぽいからな、と歩きながら考える。

女の子は大人っぽい。女の子はしっかりしてる。「母親」をやっていた頃、周囲の人からよくそんなふうに聞かされ、そのたび軽い反発を覚えてきた言葉だったのにいつのまにか自分も使っている。

予定外の業務が入ったせいでペースが崩れた。次の清掃場所のトイレに向かう足を速める。

大翔は引っこみ思案な子どもだった。公園に連れていっても、もじもじと八重子のスカートの裾《すそ》をいじるだけで他の子どもと遊ぼうとしない。幼稚園でもそうだった。先生が「みんな」での遊びに参加させようとすると、泣いて嫌がることもあるという。洋介曰《いわ》く「お前が甘やかして育てたからだ」とのことだった。大翔の短所はすべて八重子の育てかたの影響で、大翔の長所はすべて洋介の親族の誰かからの遺伝。今思えば冗談みたいなことを真顔で言う人だった。大翔の寝つきがいいのは俺の伯母に似たからだ、とかなんとか。まずは男子トイレから。道具入れからすばやくブラシと洗剤を出し、奥の個室からひとつずつ便器を磨いていく。考えなくても、仕事となると勝手に手が動く。

あの頃読みまくっていた育児書にはいずれも「友だちとの関わりの中で人間関係で大切なことを学んでいく」というようなことが書かれていた。だから八重子は、このままでは大翔は大切なことを学ばないまま成長してしまう、と焦っていた。

市役所の三歳児健診でそのことを相談したら「母親同士が仲良しだと、子ども同士も一緒に遊ぶようになるものですよ」と言われ、育児サークルなどに参加することを勧められた。

ママ友というものをつくらなければならない。ほとんど義務のように感じていた。だから八重子は育児サークルの会場で志賀《しが》さんに声をかけられた時、飛び上がるほど喜んだ。

ホームパーティーに誘われた時に、ふたつ返事で了承してしまったほど。

志賀さんはいつも数人のママたちに囲まれていた。声が大きく、明るい人だった。みんなの人気者に見えた。志賀さんの娘は大翔と同じ年齢で、学区も同じだったからいろんなことを相談できる相手ができて、うれしかった。他のママ友たちとは学区が違うから、八重子さんに会えてうれしいと志賀さんも言ってくれた。

ホームパーティーも楽しかった。夫がろくに子どものおむつも替えてくれないとか、お惣菜《そうざい》を出すと文句を言われるとか八重子がこぼす愚痴《ぐち》に「わかるー」と同意してくれるたびに満たされた。

「八重子さんはがんばってるよ」

志賀さんに囁《ささや》かれ、肩を抱かれて、あやうく涙が出そうになった。ずっと誰かにそんなふうに言ってほしかった。子育ても家事もぜんぶ完璧にできているとは言えなくても、ただ「がんばってるね」と認めてほしかったのだ。

「あのね、ママが輝いていれば、自然と子育てもうまくいくのよ、八重子さん」

志賀さんは自分の美顔器を使って、八重子にフェイシャルマッサージを施してくれた。

その場にいた他のママ友たちも「顔の引きしまりかたがぜんぜん違う」とか、「毛穴が目立たなくなった」とかほめてくれた。

「どうしたら、志賀さんみたいに輝けますか？」

志賀さんは「アメリカに本社をかまえる化粧品やサプリメントの会社」の代理店をやっていて、その仕事をはじめてから身体の調子もいいしすごく毎日充実している、と話してくれた。

「八重子さんだって素敵な人やし、もっともっとキラキラ輝けるよ」

志賀さんはそう言って、サプリメントやシャンプーの試供品をくれた。

「ほんとは試供品というのはつくってないのよ。でも特別に、わたしのを分けてあげる」

志賀さんの手から百円ショップで買ったような小さな容器に入ったシャンプーを「八重子さんだけは特別」と手に握らされた時、頭の奥がじんと痺《しび》れるような心地よさがあった。特別、はしみた。乾いた土に注がれる水のようにしみたが、すぐに土は乾いた。だからもっともっと欲しくなった。特別、が。

一緒にがんばってみないかと誘われ、その日のうちに契約書にサインをした。志賀さんの言う「わたしたちのビジネス」の仲間入りをするための入会金はたったの数千円だった。月に二十五万円以上売上が出たら、確実に利益が得られるという。

「お店をかまえて商品を売るとかは無理やろ、だってわたしたち主婦は忙しいもんね。でも、この仕事なら空いた時間にできるんちゃう？」

「すっごいいい商品やから、かならず誰か買うてくれると思うよ。ノルマはないから安心して」

「楽してできる仕事はないし、でも数年かけてがんばったらかならず成果は出るから」

それらの言葉を信じたわけではなかった。志賀さんのやっていることが俗に言うネットワークビジネスだと呼ばれるものだということも、ちゃんとわかっていた。

ただ、嫌われたくなかった。志賀さんたちに。特別、が欲しかった。もっともっと。

ノルマはないと言われていたけれども、実際にはあった。「売上目標」という言葉で表現されていたが。

「仲間」の勧誘もしなければならなかった。八重子はそのどちらもうまくできず、「売上目標」は自腹を切って商品を購入することでなんとか達成した。「仲間」のほうは親戚のつてを辿り、八重子が入会金を肩代わりするかたちで名前だけでもと頼みこんで、なんとか入ってもらった。

自腹で買った化粧品やサプリメントは、ぜんぶ庭の物置に隠していた。いつか欲しいという人がいたらその時に売ればいい、在庫だ、と言い訳みたいに考えていた。

もちろん、その言い訳は洋介には一切通用しなかった。八重子は携帯電話を取り上げられ、その後、志賀さんとの接触を禁じられた。

「商品はぜんぶ独身時代の貯金で買った」

洋介に説明したことは嘘だった。実際は消費者金融で借りた。もちろん、それもすぐにばれた。

志賀さんはやがて、夫の転勤を理由に引っ越していった。他に誰も知り合いのいない小学校の入学式で、八重子は自分のまわりだけ空席だと気がついた。ネットワークビジネスをやっていたことが大翔の幼稚園の保護者を通じて多くの人に知れ渡っていたらしい、と後で知った。

大翔は、あいかわらずだった。授業参観や運動会を見に行くたび身がすくんだ。ひとりだけずっと気弱そうにうつむいてじっとしている。先生にあてられても発表の途中で声をつまらせて泣き出してしまう。他の子どもができることを自分の子どもだけができない。それを八重子は「自分の育てかたが悪いせいだ」と思っていた。だって洋介も義父母もそう言った。みんなみんな、八重子のせいだと。言わない時は態度でそう示した。育てかたが悪い、と。申し訳なくて、情けなくて、学校行事のあとはいつも足元がふらつくまで飲酒をせねば眠れなかった。

もともと酒に弱かった。でも酔うといろんなことが遠くなるのがよかった。目の前にある問題も遠ざかって、ぼんやりできるのが気持ちよくて、どんどん量が増えた。回数も。

最初は学校行事のあとに限られていたが、それが週に一度になり、二度になり、七度になった。種類にはこだわらなかった。量が多くてすぐ酔える強い酒ならなおのこと都合がよかった。

それから数年間は、あまり記憶がない。川の水をかき混ぜると底にたまった土で濁る。そんなふうに、無理に思い出そうとすると、あらゆる感情が混ざり合って記憶が濁る。

「もう限界やろ」

洋介がとつぜんそう言い出したのは、大翔が九歳の時だった。

「この部屋におって、お前はどうもないんか」と指さした先に、あふれかえったゴミ箱があった。ソファーに取りこんだだけで畳まれていない洗濯物の山があり、生乾きの嫌な臭いを放っていた、らしいのだが、その時の八重子は鼻がまったく利かなかった。いい匂いも嫌な臭いも、なぜだかまったくわからなかった。

洋介に言われるまで、家の中がどんな状態かということにすこしも気が回らなかった。

「母親失格や」

洋介が大翔のランドセルを逆さにしたら、ぐちゃぐちゃになったプリントや消しゴムのかすがばさばさと床に落ちた。留守電に入っていた「最近大翔くんが宿題を出さないのですが」という担任からのメッセージを、自分はたしかに数日前に聞いたはずだった。聞いて、でもその後どうしたのかは記憶がない。

　そろそろ掃除機をかけなければならない、と思ったような気もする。でもそれが今日のことなのか昨日のことなのか、判別ができない。

　洋介の身体に隠れるようにして、こわごわと自分を窺《うかが》っている大翔の姿に気がついた時、後頭部が激しく痛み出した。

「お前は大翔が大事やないんか」

「大事です」

「そしたらなんでもっとちゃんとでけへんねん」

　答えられなかった。最後にこの子の宿題を見てやったのはいつだっただろうか。最後に朝食を用意してやったのは。最後に笑い合ったのは。八重子は、なにひとつ思い出せなかった。

　その後八重子は「お酒はやめる、ちゃんとする」と洋介に向かって懇願したのだったが、洋介は「離婚する」の一点張りだった。その時すでに、美里さんと知り合っていたようだ。そして大翔は、両親の離婚に一切反対しなかった。

　自業自得ですよ、自業自得。仕事中に自分にそう言い聞かせるのも、もう何万回めだろうか。水を流し、床をブラシでこする。

不潔な遊園地に行きたいお客さまはいません。ほたるいしマジカルランドの社長は八重子に言った。とつぜん事務所に呼ばれて、なにか問題でもあったのかとびくびくしながら行ったら、いきなりそんなことを言われてまごついた。

「いつも完璧な清掃、ありがとうございます」

お礼が言いたくて、と社長はにこにこしていた。これまでそんなふうにほめられたことなどなかった。なんと答えていいかわからなくて、結果無愛想に頷いただけになってしまったが、今思えばよかった。いつも他人との距離感を間違える。また間違えるぐらいならいっそ最初から近づかないほうがましだ。

「こんにちは」という声がして、はっと顔を上げる。入り口に若い男が立っていて、腕組みしてこちらを見ている。黙ってその顔を見返す。大学生ぐらいだろうか。壁に寄りかかり、屈託《くったく》のない笑みを浮かべている。

「ずっと見てたんですけど動きに一切無駄がなくて。掃除というよりなにかの競技を見てるみたいで、かっこよかったですよ」

ずっと見られていたのか。気がつかなかった。経験上、こういう輩《やから》はたいてい頭がおかしい。やさしげな、けれども意味不明なことを言って近づいてくる。昔はそれでしょっちゅう嫌な目に遭った。逃げられないぐらいの距離まで近づいてきたかと思うと、いきなり腕をつかまれたり、ブスだとか死ねだとか怒鳴ったりする人間もいる。結婚したばかりの頃も何度かそんな目に遭った。洋介に話してもとりあってくれなかった。「気にしすぎ」「自意識過剰」とか、あるいは「ナンパされるほど若くもかわいくもないやろ」と鼻で笑われるだけだった。ナンパだとかそういうことではないのだ、とどれほど説明しても理解してもらえなかった。八重子を得ることが彼らの目的ではないのだ。他人をおびえさえ、傷つけることそのものを楽しむ人間はたしかに存在する。

彼らは傷つけていい人間とそうでない人間を瞬時に判別する。八重子はいつも前者だった。

すばやく道具をしまい、脇を通り過ぎようとする。近くのアスレチック広場が改装中のため、このあたりには人がいない。なにかされたらモップで眼球を突こうと心に決め、柄を握りしめる。若い男はしかし、八重子が通りやすいようにさっと壁際にどいてくれた。けれども、まだ油断はできない。

「あのう、ひとつ訊いてもいいですか」

若い男が先生に質問する学生のように片手を挙げる。

「……なんでしょう」

「仕事って楽しいですか」

「え」

若い男はにこにこしている。八重子にはそれがおそろしくてたまらない。「いいえ！」と言い捨て、トイレから走り出た。心臓が身体の中で跳ねまわっているかのように痛む。楽しいものか。なにが楽しいものか。金のために働いているだけだ。今日も明日も生き延びるために、ほんのすこしでも社会の役に立てるなら、自分みたいなものでも生きている意味があるかもしれないと、あると思いたいと苦しい息の下で願いながら、ただただ毎日必死で働いているだけだ。

若い男は追ってこない。大きく息を吐いて、歩く速度をゆるめた。もしかしたらただのお喋り好きの若者だったのかもしれない。洋介に言わせれば、それこそ「自意識過剰」というやつか。若い男がおばさん相手になにかする気になるわけないだろ、と笑う顔が目に浮かぶ。

あの若い男にも、洋介にもわかるまい。密室に近い場所で話しかけられた自分がどれほどの恐怖を感じたか。他人の心を脅かす存在になり得るという自覚は、きっとさっきの男にはない。過剰な反応をしたとは思わない。油断して被害を受けたら、今度は八重子が「隙があった」と世間に責められる。

いつのまにか太陽が翳《かげ》って、うすいグレーのフィルターをかぶせたような風景の中で、なにかがきらりと光った。

「なんやこれ」

腰を屈めて、光ったものをつまみあげる。お守りだった。金糸で縫いとられた神社の名前が光ったらしい。桜の木の、低いところから伸びた枝に引っかけてあった。落としものやろか、と首を傾げた。出口ゲートの傍のトイレの清掃に行く時に、ついでにインフォメーションに届けよう。

子どもの泣き声と猫の鳴き声は似ている。みーみーみーみー、とその声は聞こえてきた。インフォメーションのガラスのドアの向こうから。迷子らしく、手を両脇にだらんと垂らして泣いている。洟も垂れている。二歳ぐらいだろうか。スタッフが右手にはめたパペットを動かして、なんとか泣きやませようとしている。

大翔はあんなふうに声を上げて泣くことはめったになかった。静かに、涙をぽろぽろこぼして泣く。言い訳はめったにしなかったが、夫はそれを「言い訳を考える頭すらないんやな」と決めつけた。そしてそういうふうに育ったのは八重子のせいだと苛《さいな》んだ。

よそで「親の顔が見たい」て呆れられるような子どもにしたいんか、と問う夫に、八重子ははっきり言い返すべきだった。その「親」にあなたも含まれているのだと、どうしていつもいつも責任はわたしにだけあると思っているのかと。ほんとうは、そう言い返すべきだった。

大翔が泣くたび「男がピーピー泣くな」と苛立《いらだ》った声を上げる夫を、制止すべきだった。

ほんとうは。

繊細な子どもだった。幼稚園の時の発表会ではステージに上がるだけで泣いた。スーパーで八重子と間違えて他の女性に抱きついて笑われ、そのことを恥ずかしがっていつまでも泣いていた。家に帰ってからもずっと。

ひろくん、サイン、決めよか。

遠い昔の自分の声が耳の奥で聞こえる。卒園間近の発表会の前日だった。大翔は合唱と、浦島太郎の劇でヒラメ役をやることになっていた。タイやマグロに交じって踊るだけなのに、ちょっと振り付けを間違えただけでうろたえて泣いてしまうと担任の先生から毎日のように報告を受けていた。

「明日、泣きそうになったら、客席のほうを見るんやで」

八重子は大翔を膝に乗せて、そう伝えた。両手の人差し指と親指をくっつけて、三角形をつくって見せる。

「ママ、それなに？」

「これはおにぎりのサイン」

「おにぎり？」

「ひろくんはおにぎりが好きやろ。好きなもののことを思い出したら、涙が引っこむんちゃう？」

馬鹿みたいな提案だと自分でも思った。でも、他に思いつかなかったから。

翌日の発表会、大翔は何度も泣きそうな顔になりながら、客席を見た。そのたびに八重子はおにぎりのサインをして見せた。涙がこぼれてしまった局面もあったが、なんとか乗り切った。

「どうかしましたか」

カウンターの向こうからスタッフの女性が、過去に引き戻されてぼんやりしていた八重子に声をかけてくる。「萩原」と書かれた胸のネームプレートを一瞥《いちべつ》してから「あのう、これ、落としものです」とお守りを差し出した。

「ありがとうございます」

どこに落ちてました？　と萩原さんが声を張り上げる。子どもの泣き声に負けないようにしているのだとわかったので、八重子もやや声を大きくして説明した。お守りを渡して外に出た。迷子の子どもはまだ泣いていた。

歩きながら、人差し指と親指をくっつけてみる。

あんなふうに大翔の気持ちに寄り添えた時期も、自分にはたしかにあったはずなのに。

どこで間違えたんだろう。

自分は、どこで間違えてしまったんだろう。


大翔くんのお母さん。八重子をそう呼んだ彼女は、ファミリーレストランで話をした数か月後に、八重子にとつぜん電話をかけてきた。

「八重子さんですか。とつぜんすみません、美里です。来週の日曜日、小学校の運動会です」

九時開始ですと続け、八重子の返事を待たずに電話を切った。見に来てほしいという意味だろうとは思ったが、しかし離婚届を提出する際に洋介から「二度と大翔に近づくな」と釘《くぎ》を刺されている。

お前の存在が大翔の人生に悪影響を及ぼす、とまで言われたのだ。八重子は結局その運動会を見に行けなかった。

すると、また数か月後に美里さんから電話がかかってきた。

「来週の日曜、大翔とほたるいしマジカルランドに行きます」

遊園地ならば、人の群れに紛れて遠くからこっそり見ることができるのではないかと思った。洋介にばれるかもしれないことより、一目でいいから大翔の姿を見たい気持ちが勝った。

ちょうど、あのあたり。

園内を移動しながら、八重子はプレーリードッグやコツメカワウソが飼われているミニ動物園『マジカルアニマルガーデン』へと続く芝生に目を走らせる。美里さんたちはちょうどあのあたりにレジャーシートをしいてお弁当を広げていた。

弁当のなかみまではわからなかったが、おそらく質素な、それでいて手のこんだおかずが彩りよく詰められているのだろう。ひさしぶりに見る大翔は以前よりほっそりとした頬をしていた。背がずいぶん伸びたようで、座っていてもわかる体形の変化に驚いた。あの子はもう、ひよこちゃんではない。

「お母さん、ジェットコースターもう一回乗りに行こうや」

甘えたような声で、そう言っているのが聞こえた。

「ええ？　もう勘弁してや」

拒みながらも、美里さんはやさしく笑っていた。お母さん。覚悟はしていたが、その呼称が八重子の身をすくませた。

「お前ひとりで乗ってこいや」

洋介もまた笑いながら言い、大翔はおにぎりを頬張りながら「わかった、乗ってくる」とくぐもった声を出した。自分と結婚していた頃にはなかった「やさしそうなお父さん」の雰囲気を漂わせていた。妻が変わればこうも変わるのかと、それがまた八重子の心を打ちのめした。

急いでおにぎりの残りを口に押しこみ、ひとりで駆け出していく大翔の背中を追いかけた。大翔がジェットコースターの列の最後尾に並んでいるのを見つけ、あの後ろに並んでみようか、と考えたりした。ひとことぐらいなら、話せるんじゃないだろうか。ひとことでいい。大きくなったねと声をかけたい思いと、そんなことは許されない、という思いが同時に喉元をせり上がってきて、うまく息ができなくなった。大翔は逡巡している八重子に気づくはずもなく、時折背伸びをしながらおとなしく自分の順番を待っていた。

その後も、美里さんからの電話は続いた。小学校の卒業式、中学校の入学式と卒業式、高校の入学式、すべて校門の近くの物陰から見た。いちばん最近では高校の体育祭を見に行った。小学校や中学校より観客が少なくて、身を隠すのに苦労した。

大翔は現在、プログラミング部という八重子にとってはなにをやっているのかまったくわからない部に所属し、その活動に勤《いそ》しんでいるらしい。運動部でないところがとても「らしい」気がした。成績は中の中だががんばっていると、美里さんは話していた。どうして彼女がここまでしてくれるのか、八重子にはわからない。

こっそり撮った大翔の写真は、今も財布の中にしまってある。でもめったなことでは、それを取り出して見ることはない。とくに元気のない時や落ちこんでいる時には。そんな時に縋《すが》るようにして眺めるのは、大翔にたいして失礼だという思いがある。写真の大翔に自分の姿が見えていなくても、せめてすこしは誇れる状態で対面したい。

トイレの床にブラシをかけ、専用の洗剤を使って窓ガラスを拭いていく。すこしの曇りもないように。使う人が不快な思いをしないように。水道の蛇口だって、顔がうつるほど磨きあげる。

仕事はいい。手を動かすことはいい。なにかを許されているような気になる。

清掃を終えて外に出た八重子の制服を風が揺らす。今にも雨が降り出しそうな気配だった。閉園時間まで、あと一時間。

ひろとー、という甲高い声が聞こえて、反射的に振り返る。よくある名前だが、どうしても反応してしまう。もちろんその「ひろと」はいつも息子とは似ても似つかぬ誰かなのだが、今回は違った。

「もう、あんたら歩くの遅いわ」

女の子に文句を言われているのは大翔だった。見間違いかと思い、何度も目をこすって見たが、やはり大翔だ。

ふたりではなかった。大翔と同じ詰襟の制服を着た男の子と、セーラー服にカーディガンを羽織った女の子の三人が「早く早く」と手招きする女の子の後ろからのろのろと歩いてくる。

「なに張り切ってんの」

「はよ行かな『アクアマリン・スプラッシュ』に乗られへんやん」

「乗れるって。土日ちゃうぞ」

ここでなにをしているのか？　学校はどうしたのか？　たくさんの疑問符を浮かべながら、八重子は距離をとって彼らのあとをつけていく。耳をそばだてるでもなく、彼らの会話が耳に入ってくる。大翔以外の三人とも、ものすごく声が大きいのだ。

どうも彼らは件のプログラミング部に所属しており、現在はテスト期間中であり、部活動の休みを利用してここに遊びに来ているらしい。テスト期間中ならば早く帰って勉強をすべきだというのは大人の言い分で、彼らは今しかないこの瞬間を謳歌《おうか》しているのだろう。

大翔の声は聞こえないが、誰かに話しかけられるとちゃんと相手のほうを見て、なにごとかを喋っている。時折笑ったり、誰かの荷物を持ってやったり、走ってきた幼児にぶつからないように傍らの友人の腕を引っ張ったりしている様子がよく見えた。

友だちと遊べない子、困った子だと言われ続けていたあの頃とは違う。

女の子のうちのどちらかとつきあっているのかもしれない。あるいは、どちらかの女の子のことが好きなのかもしれない。訝しんでいた八重子は『アクアマリン・スプラッシュ』に向かっていく彼らとの距離がさっきより縮まっていることにすぐには気づけなかった。

女の子が大翔に耳打ちする。あ、と思った時にはもう遅かった、大翔がゆっくりとこっちを振り返って、八重子はその場に立ち尽くす。

へんなおばさんがついてきてる、とでも言われたのだろうか。大翔の眉はかすかにひそめられている。いつも物陰から見ていた。だから、こんなふうにしっかりと目が合うのは家を出た日以来だ。

大翔。大翔、大翔、大翔。心の中で名を呼ぶだけで、息が詰まる。かわいい大翔。こんなに大切なこの子の手を、わたしはみずから離してしまった。取り返しがつかない。

大翔が八重子から目を逸らす。視線が合ったのは、ほんの数秒だった。なにごともなかったように歩いていく大翔を見送りながら、八重子はただ立ち尽くすことしかできないでいる。

どんどん小さくなっていく大翔の後ろ姿に向かっておにぎりのサインをつくろうとして、やめた。だって今の大翔は、ちっとも泣きそうになったりしていないから。


とうとうこらえきれなくなったというような強い雨が、閉園五分前に降り出した。傘は持っていない。頬にかかるたび悲鳴を上げそうな冷たい雨の中を、八重子は歩いていく。大翔たちは濡《ぬ》れずに帰れただろうかと、それぱかり考えた。

考えてみれば、いつも美里さんから大翔のことを聞かされるばかりだった。美里さんが自分のことをどの程度大翔に話しているのか、考えたことがなかった。八重子がどこで働いているのか。どこに住んでいるのか。今もひとりでいるのか。そのことについて大翔が興味を持っているのかどうかも。

おそらくわたしがほたるいしマジカルランドの清掃スタッフとして働いていることなんて、大翔は知らなかっただろう。歩きながら、八重子は思う。そもそも気づいたのだろうか。わたしが生みの母親だと。大翔はわたしのことをどれぐらい覚えているのか。目が合った時はなんの表情の変化も見受けられなかった。まったく気づいていなかったのなら、むしろそのほうがいい。「大翔くんのお母さん」は、もう自分ではなく美里さんなのだから。

へんな清掃のおばさんがいた、その程度の認識であってほしい。一刻も早くさっきのことを忘れてほしい。

濡れた髪がぺったりと額に張りつく。横断歩道の前で佇む八重子の頭上になにかがかざされた。透明のビニール傘をさした『食堂のがみ』の店主が、怒ったような顔で八重子を見下ろしている。

「一本しかないんです」

いきなり怒鳴られて、意味がわからずに立ちすくんだ。信号が青に変わったが、八重子は足を踏み出せない。予想外の人物に会った驚きと、こんな大きな声も出せるのかという驚きで、ぽかんと口が開く。

「貸したいんだけど、傘が一本しかないんですよ、だからいったん店に」

店主は八重子に傘をさしかけながら、足を踏み出す。傘をさしていないほうの手にかけられたスーパーの袋ががさがさ音を立てる。豆腐のパックが入っているのが見えた。わけがわからないままあとをついていく。店の戸の鍵を開け、八重子に中に入るよう促した。

生命保険会社の名が書かれたビニール袋入りのタオルを投げてよこされた。まだ時間が早いせいか、他の客の姿はない。

新品だから汚くないです、と言われたタオルで、髪や顔を拭く。新品のタオルはなかなか水を吸ってくれない。結局かばんから出したハンカチで拭く羽目になる。

　店主はさっさと厨房に入っていく。昨日ここでごはんを食べたから、もう来月の給料日まで外食はできない。でもこの場合、食事をしていくのが常識だろうか。店主が湯気の立つお椀《わん》をテーブルに置いて、どうぞ、と言う。声の音量がふだんと同じになった。

「すみません、あの……」

「お吸いものです。インスタントですよ。ちょうどお茶の葉が切れちゃいましてね、だからそれしか出せません。冷めないうちにどうぞ」

　これほど長く話す店主をはじめて見た。驚いてしまって「はあ……」としか答えられない。服が濡れているため、椅子に座るわけにはいかなかった。立ったままお椀を手に取る。冷えきった指先に伝わる熱に思わず「あったかい」と声が漏れる。涙がこぼれそうになって、急いでまばたきを繰り返した。

「ここで毎月、お給料日に食事をするのが楽しみなんです」

　言ってから、お椀に口をつける。ほんのりと柚子《ゆず》の香りがする。店主が小さく頷く。ずっと前掛けの裾を両手でいじりながらうつむいているから、返答に困っているのだろう。いつもこうだ。気の利いた会話どころか、当たりさわりのない会話をすることもできない。

「いつも、ありがとうございます」

店主がのろのろと頭を下げた。

「ゆっくりしていってください」

「でも、他のお客さんの迷惑になるので」

「いや、今日は定休日だからだいじょうぶです」

そういえば看板に「定休日　毎週水曜」と書かれていた気がする。「のがみ」って名字ですか、とおそるおそる訊いたら、そうです、との返事だった。

「野原の野に、上下の上で野上《のがみ》です。お客さんは、このへんに住んでるんですか」

野上の話題の転換はすこぶる唐突で、だから八重子は相手もまた、他人との会話が苦手なタイプの人間であると知る。

「篠塚と言います。ほたるいしマジカルランドで清掃の仕事をしてます」

息子が今日、偶然来たんです、とまで言ってしまいそうになった。わたしが幸せにできなかった息子です、わたし以外の人の手で立派に育てられた息子です、女の子と一緒でした。楽しそうでした、ものすごく。

うれしかったんです。

あの子が幸せでうれしいって。そんなこと言える立場じゃないくせに。

でも実際には話さない。とつぜんそんな個人的な話を聞かされたって困るだろう。他人との距離感がわからない八重子でもそれぐらいはわかる。

「月に一度の楽しみ、私もありますよ」

自分の場合は駅前の洋菓子店でケーキを買うことなのだと恥ずかしそうに口にした。

「甘党なんですね」という相槌はじつにありきたりだなと八重子は思ったけれども、いつものように情けない気持ちにはならなかった。なる暇も与えられなかった。野上の言葉が「がんばってるやん、て」と続いたから。

「え」

「がんばってるやん、て自分に言うたげるんです、月一回」

他人に認めてもらえるのを待つのではなく自分で自分を肯定してあげましょう。若い頃に、なんとか自分に自信を持ちたくて読み漁《あさ》った自己啓発本にそんな言葉が多く書かれていた。わかってるけど、といつも思っていた。肯定のしかたがわからないのだと訴えたかった。肯定すべきポイントが見つからないからこっちは困っているのだと。

「クソだったんです」

「え」

「私の人生はとてもクソでした」

そうなんですかわたしもです、と言ってしまいそうになった。クソの二文字で語られる女の人生とはどんなものなのか、いつかじっくり聞いてみたい気もする。

「けど、それは今日や明日を投げ出す理由にはならない。目の前のことをやるしかないんやって、そうすることでしか自信はつかへんらしいよって、うちによく来るお客さんが言うてました」

そこまで言って、恥ずかしそうに肩をすくめる。八重子は「はあ」と頷いて、またお椀に口をつける。

「あの、お客……し、篠塚さん、は」

野上が顔を上げる。一瞬目が合ったが、すごい勢いで逸らされた。

「すごくきれいに食べてくれるから、うれしいんです」

どうしても自信が持てないんです、と野上は言うのだった。「目の前の仕事」だから料理はまじめにつくっている。でもそれがうまくできているかはわからない。おいしいですか、といちいち客に聞いてまわるわけにもいかない。

「せやから器がきれいに空っぽになって返ってきた時は、ほっとするんです」

いつもありがとうございます。野上がもう一度頭を下げる。

「わかります」

わかる気がします。慎重にそう言い直した。

「ぜんぶ食べるのは、ほんとうにおいしいからです。このお吸いものもおいしい」

八重子の言葉に、野上の顔がほころぶ。

「うれしいです」

野上は笑うと目が三日月みたいなかたちになる。こんな顔をする野良猫を知っている。新しい発見をした。目の前の野上は、今までとぜんぜん違う人みたいに見える。

野上が厨房に消える。戻ってきた時には、自分用のお椀を手にしていた。口をつけて「あら、ほんまにおいしいわ」と顔をほころばせた。

「これねえ、目の前のことをやるしかない、っていつも言うそのお客さんがくれたんですよ」

「お客さんと、そんなつきあいがあるんですね」

「若い男の子ですけどね、異様に人懐っこくて。ほんまは入院中のお母さんへの差し入れにこのインスタントのお吸いもの買ったらしいんですけど『いらん』ってつっ返されたらしいんです。いや、変わった子やなあと思ってね。差し入れにお吸いものって」

私ふだんは人づきあいが苦手なんですけどその子とだけは話せるんです、と野上が首をすくめる。

目の前のことをやるしかない。

今日も仕事の手を抜かなかった。お酒を飲まないという自分との約束を守れた。そういう、ささやかな実績を積み上げていくことでしか自分を肯定することはできない。それは八重子にとっては、目新しいアドバイスではなかった。それこそ自己啓発本の類《たぐい》で何度も似たような表現に遭遇した。でも、今日はなぜかするっと心に入ってきた。他人からの評価や肯定をあてにすれば、どこかで行き詰まる。かつての自分のように。

「また来月、来てください」

「はい」

かならず来ます、と頭を下げた。

ごはんをぜんぶ食べる。魚をきれいに食べる。八重子がおこなった、たったそれだけの行為で「自分はよくやってる」と実感できる人がいる。それはなかなか、悪くないことのように思える。

今日も仕事の手を抜かなかった。息子の元気な姿を見られた。それから、月に一度通う店の店主の名前を知った。笑った顔をはじめて見た。

いい一日だった、と思ってもいい気がする。雨はいつのまにか止んでいた。

＊

「市子さん」

病室のドアから佑が顔を出して呼ぶと、ベッドに仰向《あおむ》けになっていた市子さんがちらっと顔を向けて、追い払うような仕草をする。

「今眠いから帰って」

「ええっ」

ほたるいしマジカルランド行ってきたで、報告聞かへんの？　とドアに半身をはさみながら問う。廊下に響きそうなので、小声で。

「今いらん。明日聞く。帰って」

「なんやねん！　せっかく来たのに！」

「あ、やっぱり帰る前にぶどうジュース買ってきて。果汁百パーセントのやつ」

はよしてや、という言葉に反応して早足で自動販売機に向かってしまう自分が情けなかった。

その時与えられた仕事を全力でこなせ、というのが昔からの市子さんの教えだった。

「目の前のことをやるしかない」という言いかただったけれども、そういう意味だ。そうすれば自然と身につくことがある、身についたことに見合うだけの道が開けていくのだそうだ。ほんとうだろうか？

病院内の自動販売機にぶどうジュースはなかった。あーあ、とぼやきつつ、外のコンビニを目指す。『食堂のがみ』の明かりがついていて、定休日だったはずなのにな、と思う。のれんが出ていないから、やっぱり休みは休みなのだろう。『食堂のがみ』には高校生の頃から通っている。学校帰りに寄ると、黙ってごはんを大盛りにしてくれるところが好きだった。

市子さんに拒まれたインスタントのお吸いものを野上さんに渡した時、市子さんのことをどう説明していいかわからずに「入院中の母親」と説明してしまったことを思い出した。母親のようなもの、という表現を使うとややこしくなるからという判断だったが、結局嘘をついたことに変わりない。すこしだけうしろめたい。友だち、でよかったのだと後になって気づいた。

雨が降ったあとの街が好きだ。水たまりを飛び越えながら歩くのが、濡れた土の匂いを嗅ぐのが。雨上がりの小学校からの帰り道はいつもよりよけいに長く寄り道をして、市子さんに怒られた。ランドセルを背負ったまま遊ぶんじゃない、と頭を小突かれた。市子さんは佑にとって「世の母親」というものを教えてくれる人だった。世の母親とはこういうことで怒るものなのか、喜ぶものなのか、とひとつずつ学んでいった。同時に、友人でもあった。友だちの佐門のお母さん、ではなく、友だちの市子さんと佐門、という認識だった。

　佐門より早く市子さんを認識したからかもしれない。はじめて会った日のことを、よく覚えている。市子さんは病院の自動販売機でコーンスープを買ってくれた。

「元気がなくなりそうな時はあったかいものを飲むんや、そしたら力が湧いてくる」

だからこその、なんなら満を持しての、お吸いものの差し入れだった。市子さんはでも、もうそんなことは忘れてしまっているだろう。

「あんたのその、性別や年齢にかかわらず他人と仲良くなれる能力は誰でも持っているものではないんやから大切にしなさい」というのも、市子さんの教えだった。「それを活かせる場所がある」とも言われたが、その場所は今のところ、見つかっていない。

　水たまりに街灯が反射してまぶしい。まぶしいものをひょいと飛び越えて、コンビニへと急いだ。

木曜日

THURSDAY

Katsuyori Yamada

山田勝頼

休園日の空はどんよりと曇っている。冷たい風が花壇にしゃがみこんでいる山田の頰をするりと撫でていった。首に巻いていたタオルの位置を直して、またすぐに手を動かす。寒かろうが暑かろうが、関係なく働く。この四十二年ずっとだ。雨が降ろうが風が吹こうが、関係ない。

薔薇の木の根元に生えた草をむしり、傍らの袋に放りこむ。ジェットコースターの轟音《ごうおん》も子どものはしゃぐ声も、今日は聞こえない。休園日はいい。静かなところがいい。数名のスタッフが無言で土をかきわけるごくわずかな音だけを聞きながら、山田は除草作業に勤しむ。遊具のメンテナンス等のために多くの社員が出勤しているが、このローズガーデンには誰も近づかない。

ほたるいしマジカルランドの植物を管理するようになって、もう二十年近くになる。それ以前は大阪市内の自然公園の仕事が多かった。ここは山田が勤めるほたるいし園芸と目と鼻の先にあり、かつ自宅からも近い、最高の職場だった。

ローズガーデンでは、約六百種の薔薇を栽培している。そんなにあるんですか、と人に驚かれることも多い。「ここにそんなにもそろっているのか」というより「薔薇の品種そのものがそんなにたくさんあるなんて知らなかった、考えもしなかった」と驚く人が多いようだ。

実際のところ薔薇の品種は四万種以上あると言われているのだが、山田にとって、それは至極当然のことのように思われる。何百年も前から薔薇に魅了された人びとがより美しく、あるいはより香りの良い薔薇を生み出すべく交配を重ねてきたのだ。

妻の照代《てるよ》は「薔薇を愛する人」には該当しない。薔薇といえばデパートの紙袋に描かれているような八重咲きのものしか思い浮かべられないらしい。山田が自宅の庭で育てている一重咲きのロサ・レビガータのことも椿《つばき》の花だと思いこんでいて、咲くたびに「きれいな椿やねえ」と感心している。毎年訂正してやるのだが、翌年になるともう忘れている。

妻が連想するデパートの紙袋の薔薇のリースだって、十数年前にデザインが変わっているのだ。いわゆる剣弁高芯咲《けんべんこうしんざ》きの赤い薔薇から、ピンクの丸弁咲きへと。薔薇にも流行がある。しかし妻にとってはそのこともたいした問題ではないようだ。

アーチをくぐり、ゆったりとカーブを描く煉瓦《れんが》の小道を進む。ほんのりとうす桃色の花弁を風にそよがせるアイスバーグ。若紫はその名の通り気高い紫の花を空に向けている。

十月中旬に満開の時季を設定して世話をしてきた。今はさかりをすこし過ぎたところで、枯れている花も目立つ。散りかけの花も、山田の目には美しくうつる。花だけでなく、真《しん》摯《し》に伸びていく枝も、葉も。せいいっぱいその命をまっとうするものは、みな美しい。が、終わった花をそのままにしておくことはできない。はさみを取り出して切り落とした。凋《ちょう》花切《かぎ》りというこの作業をおこなうことで、新しい花が咲く。こつはなるべく高い位置、五枚葉の上を選んで切り落とすことだ。葉を多く残すことで、冬に向けて多く養分を蓄えられる。

ほたるいしマジカルランドでは秋薔薇の咲く時季に合わせて「ローズガーデンツアー」というものが開かれる。ガーデナーの案内で、薔薇の品種や育てかたについての解説を聞きながらガーデン内を一周するという内容だ。

開始当初は持ちまわりでガイドを担当していたが、人前で喋ることが苦手な山田にとっては頭痛の種だった。数年前からはそのツアーガイドを同僚の光岡《みつおか》に押しつけるようになった。

いや違う。みんな俺なんかより光岡の話が聞きたいのだ。ぱちん、ぱちん、と音を立てて花を切り落としながら、そんなことを考える。光岡はガーデニングの雑誌に連載を持っている有名人で、以前はテレビの園芸番組に講師として出演していた。

生み出した薔薇の品種は数知れず、コンテストでは何度も賞をとっている。柔和な外見とやわらかい物腰も人気の理由か、芸能人でもないのにバレンタインデーには会社にプレゼントが届いたりもする。実際光岡がツアーを担当する日と他のガーデナーの日では、申し込み人数が倍以上違う。

自分の夫が「ガーデナー」と呼ばれていると知った時、妻は大口を開けてげらげら笑った。「お父さんがそんな横文字の職業やなんて！」とのことだった。気持ちはわかる。山田自身「庭師」と呼ばれるほうがしっくりくるのだが、「ガーデナー」と呼ばせることが会社の方針ならば黙って受け入れる。

妻は情趣を著しく欠いた女だ。椿と薔薇の区別もつかないし、抽象画はぜんぶ落書きだと思っている。いや、情趣を欠いているというのもすこし違うのかもしれない。横文字の職業はすべておしゃれ、とひとくくりにしてしまう大雑把さ、とでもいえばいいだろうか。おしゃれなもの全般への恥じらいを山田は妻のふるまいからたびたび感じとる。そういった女だからこそ、自分のような無骨な男と二十数年連れ添ってくれたのだろうとも思う。

小道の先のガゼボには日曜日からはじまるイルミネーションイベントのために電飾のコードが巻きつけられている。ガゼボの中にはベンチがしつらえてあり、この中に座って内側からこの電飾を見るのはどんな気分だろうと考えたが、自分がそれを体験したいとは思わなかった。

日曜日。あらためて、ひとり呟いた。手を伸ばして草をとる。木の根元まわりの雑草は虫がつく原因だから、こまめにとってやらねばならない。

植物は手をかけたらかけただけ応えてくれると言う人がいるが、あれは嘘だ。植物は生きているし、自分の意思も持っている。こちらを裏切りもし、時には拒む。

高校を卒業してすぐにほたるいし園芸に入社した。机に向かうより身体を使って働くほうが性に合っていると感じたし、土をいじることが好きだった。

実家の庭は狭かったが、母はよく鉢植えを買ってきてはそこに並べて喜んでいた。山田は三人兄弟の末っ子だ。水やりは兄弟の当番制だったが、上の兄ふたりはいい加減だったので、しょっちゅう根を枯らせ、じきに山田ひとりの仕事になった。

ほんとうは植木職人をやっている伯父に弟子入りをしたかったのだが、「これからはそんな時代ではない」と断られて会社に就職した。ほたるいし園芸は山田が入社した頃から比べてずいぶん大きくなり、小さいながらも家を持つこともできた。伯父は徐々に仕事を減らしていき、山田が三十歳になる前に肝臓を悪くした。ひとりで生きて、ひとりで死んだ。

「山田さん」

気がつくと藤尾《ふじお》が背後に立っていた。たしか今ちょうど、三十歳だったと思う。山田の下で働いてもう三年になる。それ以前はパチンコ屋やコンビニなどのバイトを転々としていたらしい。二年以上もったのはここがはじめてだと笑っていた。

けっして楽な仕事ではないが、藤尾には合っていたのだろう。そもそも楽な仕事などこの世には存在しないのだが。

最初の年はひたすら覚えるだけだ。二年目はそれをなぞるだけ。三年目からようやく、自分の仕事になる。山田はそう考えている。最初からものになるやつなどいない。

「あいつ、今日も休んでますね」

「今日も」休んでいる「あいつ」はひとりしかいない。佐《さ》竹《たけ》が無断欠勤するようになって、もう三日になる。

「うん」

佐竹は一年前、ほたるいし園芸に入社してきた。社長の遠縁で、年齢は二十五歳。働くのははじめてだと聞かされていた。

「引きこもりに戻ったんですかね」

藤尾がふん、と鼻を鳴らす。佐竹は藤尾のただひとりの後輩だ。三年のあいだにほかにも若いのが入社したが、みんな辞めてしまった。

佐竹は高校在学中に不登校になり、それ以来何年も実家の一室にこもっていたのだと聞いている。ふたつ上の兄が結婚し、実家に同居することになったと同時に家を追い出され、働いてひとり暮らしせざるを得なくなり、やむなくほたるいし園芸に入社した、という経緯だった。

色の白い、線の細い、ぼそぼそした声で話す若者で、「ゆっくり覚えていけばいい」と山田が声をかけると「ありがとうございます」と顔をくしゃっとさせた。子どもみたいな顔で笑うんだなと思ったことを覚えている。すぐ辞めるだろうとみんなは予想していたが、一年もった。

近頃は身体つきもすこしたくましくなって、声も大きくなった。冗談を言うことさえあったのに、三日前からとつぜん無断欠勤しはじめた。携帯電話にかけても通じない。アパートに訪ねていっても応答がない。

めずらしいことではない。急に会社に来なくなった者などこれまでにもたくさんいた。女と消えたやつ、あちこちに借金をして消えたやつ、事件を起こしたやつ、今はどうしているのやら。

「だめですね、あいつ」

藤尾の唇が歪《ゆが》む。彼らは社内ではいちばん年も近く、親しくしていた。その自分からの連絡にすら佐竹が応答しないということが不満でならないらしい。

「まあ……なんか理由があんねやろ」

藤尾は下を向いて、山田さんと働けるのもあと何日かしか残ってないのに云々、というようなことを呟く。

「そんなん、べつにええから」

喋るのが苦手なのは、後輩相手でも同じだ。藤尾にしても佐竹にしても、丁寧に仕事について解説してやったことなどない。見て覚えてほしい。自分がそうしてきたから。藤尾が山田になついているのは、丁寧に指導もしない代わりに強く叱ったり、咎《とが》めたりしたこともなかったからだと知っている。

俺ってどこの職場もだいたいパワハラで辞めてきたんですよ、と言っていた藤尾は、これまでよほどひどい言葉を浴びせられてきたようだ。それぐらいで辞めるとは、などとは思わない。根性だけですべて解決できる時代じゃない。

「佐竹は消えるし、山田さんはいなくなるし、月曜から俺、どうしたらいいんですかね」

藤尾の眉が八の字になっている。

「情けない顔すんな」

肩をぽんと叩いて、出口に向かって歩き出す。藤尾ならだいじょうぶや。藤尾はもう一人前や。そういう言葉をかけてやるべきだとわかってはいるのだが、どうにも口が重くなる。藤尾の言うとおり、もう一緒に働ける日数もわずかなのに。

十一月五日。会社と山田が決めた、最後の勤務日だ。五日締めという特殊な給与締日の関係でそうなった。日曜日に、山田は四十二年勤めたほたるいし園芸を退職する。そのあとのことはまだなにも決めていない。

昼休憩はいったん家に帰る。弁当を詰めるよりそのほうが楽だと妻が言うからだ。

お弁当って難しいんやで、とは妻の言葉だ。入れられるおかずが限られてんの、汁気の多いものはだめ、生野菜もだめ、お肉も冷えて脂が白くなるようなのは見た目がよくないしおいしくない。かといって冷凍食品は割高やしね、とのことだった。

時として長所にもなる妻の大雑把さは食べることに関しては一切適用されないらしい。お父さんはなに食べてもおいしいともまずいとも言わへんからつくり甲斐《がい》がないわあと呆れながらも、食卓には毎日こまごまと料理が並ぶ。献立には妻の好物が多いが、とくに好き嫌いのない山田としてはそれでべつにかまわない。

いつだったか親戚の娘の結婚式に出るために東京に一泊二日でふたりで行ったことがあったが、その際泊まったホテルの朝食がビュッフェ形式だとあとから知って、照代はひどく嫌がっていた。

「ひとつの皿に何種類も料理をのせなあかんやろ、味が混じるやんか。あれ嫌いやわ」と家に帰ってからもいつまでもぷりぷりしていた。皿を複数使うか、料理を一種類だけとればいいではないかと思ったが、なにも言わなかった。照代は山田のひとことにたいして

「そやかて」「お父さんはそう言うけど」などと二十倍ぐらいの分量の文句を言いはじめるから。

家で料理をする時もそうだ。トンカツやらアジフライやらに添える千切りキャベツの水分やドレッシングで揚げものの衣が濡れるのが嫌だと言って、わざわざ別の皿にのせて出してくる。

そのぶん洗いものが増えるのになあと思うが、言わない。言えば「お父さんはそう言うけどどうせわたしが洗うんやから関係ないでしょ、だいたいお父さんはいつもいつも……」とはじまるのが目に見えているからだ。

山田より五歳上の照代は、数年前に仕事をやめている。生命保険の外交員をしていた。ああだこうだと毎日不平を漏らしながらも楽しそうに働いているように見えたのだが、とつぜん「やめようと思ってんねん」と告白された。「ええんとちゃうか」と答えはしたが、自分の返答がどうであろうと、妻の動向になんの影響も及ぼさなかっただろう。妻は重要なことはぜんぶ自分で決断する。子宮を患って手術を受ける時もそうだったし、娘のことがあった時もそうだった。

「これからは好きなことのために生きるわ」

その宣言通り、現在の妻は趣味に邁進《まいしん》している。すこし前は韓国の俳優で、現在はフェイスとかいう日本の男性アイドルグループに熱を上げていて、このあいだは東京までコンサートを見に行った。

　家にいる時は常にそのグループの曲を聞いているし、よくわからないグッズも毎日すこしずつ増殖している。

「フェイス」と聞いて「なんで顔なんていう名前にしたんやろ」と山田は首を傾げたのだが、正しくは「faith」、信頼や信用といった意味なのだという。グループのメンバー五人のイニシャルを集めたと言っていたような気がするが、詳細は忘れた。妻のお気に入りは「はたくん」というメンバーらしいのだが、何度写真を見せられても山田には彼らの見分けがつかない。若い芸能人は男も女もみんな同じ顔に見える。

「はたくんＬＯＶＥ」などと蛍光色で書かれた巨大なうちわをつくっている妻の姿など、あまり積極的に見たいものではない。一度など、部屋でライブのＤＶＤを流しながらひとりで光る棒を振って一心不乱に踊っているのを目撃して動揺したが、照代は「だってファンなんやもん」と平気な顔をしていた。

　楽しげな妻の姿を見るたびに腹の底から沸き上がるこの感情の正体を知りたくない。嫉妬では断じてないはずだが、なにかほの暗いものであることはたしかだ。

　家が近づいてくると、味噌の濃い香りがした。開けっぱなしの戸口から声が聞こえてくる。誰かと話しているようだが、客でも来ているのだろうか。玄関に男もののスニーカーがある。居間に入った山田の喉から「おぉう？」というへんな声が漏れた。それぐらい驚いたのだ。なんせ目下無断欠勤中の佐竹がくつろいでいたのだから。

「あ、お邪魔してます。おつかれさまです」

山田に気づいて、佐竹はぴっと背筋を伸ばした。あらおかえり、と妻が台所から出てくる。テレビから笑い声が聞こえた。妻がいつも見ている情報番組の音声だ。山田の知らない街、おそらく東京のどこかで、山田が見たこともない油っこそうな食べものを、テレビタレントが店頭に立ったまま食べている。

「お前、こんなところでなにしてんねん」

「この子、家の前をずっとうろうろしてたんよ」

かれこれ一時間。妻がひとさし指を立てる。玄関の前を行ったり来たりしていたという。完全に不審者ではないか。

照代が言うには「なにかご用ですか」と声をかけてみたところ、自分は佐竹という者で、ほたるいし園芸の社員だ、と名乗ったのだという。山田に話があって来たのだと。山田が昼の休憩のたびに家に戻ることは佐竹も知っている。

社員だというのが嘘だったらどうするのか、知らない男を家に上げるなんてなにかされたらどうするのか、と苦言を呈しても、照代はまるで意に介さぬ様子で「こんなおばあさん相手になにをどうするっていうのよ、ねえ佐竹くん」と大口を開けて笑っている。佐竹は困ったようにまばたきしている。たしかに肯定しても否定しても失礼になる、おそろしい問いかけである。

「お前、なんで仕事休んでんねん」

「すみません、急に熱が出て」

休んでいたのは発熱のせいだという。電話の一本ぐらいできただろうと言うと、スマホをなくしたと肩をすくめる。佐竹のアパートには固定電話がない。公衆電話を使って番号案内サービスで調べればよかったではないかと言うと、それは思いつかなかったと答える。聞けば聞くほどに嘘くさい話だった。

「それで？　もう身体はどうもないんか」

「はい。あ、いや、熱が出たのは僕やないんです」

佐竹はひとり暮らしではなかったのか。わかるように説明せえ、と言う山田の声と「とりあえずお昼にしましょう」と言う照代の声が重なる。

「ちょっと待ってくれ。俺はこいつに話が」

「お父さん、休憩は一時間しかないんやろ。とりあえずごはんを食べましょ」

空腹時にこみいった話をしてはいけない、なぜなら、いらいらするから。いらいらすると、ケンカになってしまうから。照代が提案した山田家のルールだった。玲香《れいか》はそんなルールなどまるでおかまいなしで親に食ってかかるような子だったが。

玲香。家を出た娘。今どこでなにをしているのか、山田は知らない。妻は連絡をとっているらしいので元気でいることはたしかだ。

焦げた味噌の芳《こう》ばしい香りがして、湯気の立つ皿が運ばれてきた。五穀米のおにぎりと吸いもの、小鉢のなかみはほうれんそうのおひたしで、主菜は思ったとおり、鯖《さば》豆腐だった。

「これなんですか？　はじめて見ました」

佐竹が興味深げに食卓をのぞきこむ。

「ええ匂いしますね、え、これ魚ですよね？」

「ああこれ？　そう、鯖なのよ。上にのってる卵の黄身をからめながら食べてね」

佐竹は無断欠勤をしているくせに、うまいうまいとよく食べた。鯖豆腐がよほど気に入ったようで、つくりかたまで訊ねている。

「簡単なのよ」

妻もまんざらではなさそうだ。缶詰の鯖の味噌煮を魚焼きグリルで焦げ目がつくまでこんがりと焼く。缶に余った汁を小鍋にあけ、水でのばして、木綿豆腐を煮る。皿に盛り付け、卵の黄身をのせたら完成やで、とのことだった。何度も食べてきたが、山田はこれまで調理法について訊ねたことはなかった。知りたいと思ったことも、そういえばない。

「それやったら僕でもできそうです」

「そうよぉ。やってみなさいよぉ」

えらく話が弾んでいる。俺に話があって来たんちゃうんかいと横目で佐竹を睨みながら吸いものをすすった。若い者の考えていることはわからない。玲香もそうだった。

娘も、佐竹も、誰ひとり山田の手におえない。


なぜ会社を休んだのか、なぜ一度も連絡をしなかったのか、訊きそびれた。昼食をとり終えたらもう戻らなければならない時間になってしまった。

「そしたら佐竹くん、お父さんが仕事終わるまでここで待っといたら？」

妻は「あっ、ついでに最近うちのパソコンの調子が悪くてねえ、見てみてくれへん？」と頼み、佐竹はしつこいようだが無断欠勤をしている分際で「いいですよー」などと気軽に応じる。勝手にせえ、と呆れながら家を出た。

休憩から戻った山田を藤尾が「おつかれっす」と迎える。佐竹がうちに来ていた、と言おうとしてやめた。なにがどうなっているのかまだちゃんと聞き出せていないからだが、隠しごとをしているようで、なにやら藤尾の顔がまともに見られない。

午後からも引き続き、除草作業をおこなう。

薔薇は手がかかるというイメージがあるようだが、山田に言わせればそんなことはない。なにをもって「手がかかる」と感じるかにもよるだろうが。いや、もしかしたら「温室育ち」といった言葉が影響しているのかもしれない。けれども最近では病気に強く育てやすい品種がたくさんあるし、本来薔薇は丈夫な、たくましい花だ。

大半の薔薇は種を蒔《ま》いても同じ花は咲かない。親と同じにはならないのだ。接ぎ木や挿し木をして増やしていくしかない。

インフォメーションから佐門が出てくるのが見えた。すこし早足で歩くくせがある。子どもの頃からそうだった。山田に気づいて、軽く会釈をする。そのまま通り過ぎるのかと思ったら、近づいてきた。

「おつかれさまです」

自分の腰をさする山田を見て「痛むんですか」と、眉をひそめる佐門を見上げる。ぐんぐん伸びる新芽のような若者は、山田より頭ひとつぶん大きく成長した。昔は肩車をしてやったこともあったのに。

「問題ない」

腰痛は同僚みたいなものだ。この仕事を続けるかぎりつきあいが続く。

「奥さんはお元気ですか」

「うらやましいぐらい元気やで」

佐門が「今年もすごいですね」とローズガーデンとインフォメーションの中間にある菊のアレンジメントを指さしたので、なんとなくそちらに歩いていった。ほたるいしマジカルランドの社長をつとめる国村市子は、昔同じ文化住宅に住んでいた。山田は妻と玲香と。国村市子は息子と。国村市子のほうがあとから引っ越してきた。夫が病死して、それまで住んでいたアパートより賃料が安い家に越す必要があったのだ。

当時建設会社の事務員をやっていた彼女に「ほたるいしマジカルランドのおみやげ売り場でパートを募集している」と教えたのは山田だった。接客業のほうが向いている気がすると本人が言うので、面接を受けてみたらどうかとすすめたのだ。まさか社長になるなんて思いもしなかったが。

かまびすしい声が聞こえてきて、ふたり同時にそちらに顔を向けた。

「てかさー、社長まだ復帰せんの？」

「やっぱ悪い病気なんちゃう？」

そんな会話が聞こえてきて、ぎょっとする。遊具のメンテナンスに立ちあうために出勤したスタッフのようだ。ローズガーデンの中で休憩を取るつもりか、コンビニの袋を片手に歩いていく。佐門と山田の姿は菊のアレンジメントの陰になっていて、彼女らには見えないらしく、やかましく会話を続けている。

「知ってる？　社長の息子の話」

「佐門さんのこと？」

「ちゃうちゃう、なんかな、もうひとりいるらしいよ。佐門さんと同い年やねんて、その息子。双子ではないらしいけどな、なんか血のつながりがないらしいよ。なんやろな、愛人の息子やったりしてー」

「なにそれ、ドラマみたい」

「やろ？　でな、そのもうひとりが佐門さんとはめちゃくちゃ仲悪いらしいねん」

あほなことを言うなと出ていこうとして、佐門にがっと肩をつかまれた。

「ほうっておきましょう」

女どもが通り過ぎるのを見送ってから、佐門がようやく口を開いた。

「好き放題言われとるやないか」

「ただの想像です。事実と違う」

だからたちが悪いのではないか、と歯がゆい。

「山田さんは、なにか噂を否定して信じてもらえたことがありますか?」

そんなふうに問われたら、口を噤《つぐ》むほかなかった。

やっぱりねえ、と意味ありげに視線を交わし合う人びと。山田の家の前を通り過ぎる時に、ひそめられる声。思い出すな、と拳を握りしめる。思い出すな、今は、そんなこと。

視線を落としたら、菊のアレンジメントの根元でなにかが光った。つまみ上げて、目の高さに持ち上げる。ピンクや白の丸いビーズをつなげた輪っかだ。

「腕輪やろか」

佐門が山田の手からそれを受けとる。

「落としものでしょう。インフォメーションに届けておきます」

山田の目には、その腕輪は子どものおもちゃのようにうつる。宝石が使われているというならまだしも、あきらかに安物だ。

なくした人間が「落ちてませんでしたか?」とわざわざ問い合わせてくるほど価値のあるものには思えない。そう伝えると、佐門は首を振る。取り出したハンカチでその腕輪を包み、胸のポケットにしまった。

「落とした人にとっては大切なものかもしれませんから」

では、と頭を下げる佐門に片手を上げて、山田もローズガーデンに戻る。

「社長によろしゅう」

お母さんに、と言うべきか迷って結局「社長」を選んだ。ここは彼らの職場だから。

自分にとっては価値のないものでも落とした人にとっては大切なものかもしれない。その言葉を反芻《はんすう》する。佐門のように他人の気持ちを大切にできたならば、娘との関係ももっと違ったものになっていたかもしれない。

玲香はしょっちゅう自分の持ちものを家族の共有スペースに散らかす子だった。洗面所であるとか、居間のテーブルの上だとか。折り紙で折られた動物、お菓子のおまけ、それこそおもちゃみたいなビーズをつなげた指輪や腕輪。あまりにも無造作に置いてあるから不要なゴミかと思って捨ててしまうということが何度も何度もあり、そのたびに文句を言われた。

「大切なものなら机の抽斗《ひきだし》にでもしまっておきなさい、なんでこんなにいい加減に扱うんや」

山田が叱ると玲香はぐうの音も出ない様子で涙ぐんだ。

「あたし、あんたのこと大嫌い」

涙目で山田を睨みつける玲香の顔をまだはっきりと覚えている、と言いたいところだが、年々思い出せなくなってきている。あれやこれやの出来事は鮮明に記憶しているが、顔そのものは写真を見ないと目鼻立ちの特徴を思い出せない。家を出ていったのが十八歳の時で、今はもう三十歳になっているはずだ。

それにしても、と草をとりながら思う。さっきの噂だ。国村市子が入院したことは聞いた。ほんとうに良くない病気なのだろうか。照代は「一週間程度で退院できるらしい」と言っていたはずだ。元ご近所だったふたりは、今でもつきあいがある。

「わたしと同じやて」

国村市子は照代と同じ、子宮を患っていると聞いた。照代のほうが病状は深刻だったが、今も元気に生活している、だから市子さんはだいじょうぶや、とのことだった。

それ以上のことは訊かなかった。踏みこんではならない領分だ。

配偶者の領分。友人の領分。親の領分、子の領分。それぞれに違う。きょうだいの領分というのもあるかもしれないが、山田には想像がつかない。上の兄ふたりとの仲は悪くはないが、親密でもない。それぞれ家庭を持ってからは正月に顔を合わせる程度だ。

彼らはどうだろうか、と思ってから、そうだ佐門と佑はきょうだいではないのだ、と思い出した。けれども、きょうだいみたいにいつも佐門と一緒だった。

知り合いの子どもを預かっている、と国村市子は言っていた。どういった知り合いだったのかまでは知らない。「知り合い」が入院中だからとか、出かけているからとか、いつもそんなふうに山田たちに説明した。

玲香と佐門たちの年齢が近かったせいか、山田家と国村家の交流は次第に深まった。レンタカーを一台借りて天王寺《てんのうじ》動物園や万博記念公園に連れていったこともあった。山田が家を購入して文化住宅を出たあとはほとんど顔を合わせなくなったが、国村市子と照代のつきあいは続いた。

その頃の山田は「玲香の父親としてしっかりせねば」ということばかり考えていた。家を買ってからはとくに思いが強まった。口の中に苦いものが広がる。

小さな中古の住宅とはいえ自分の家を持ったことは、山田の意識を大きく変えた。玲香に自分の部屋を持たせてやること。この家で一人前に育て、送り出すこと。玲香がいつでも帰ってこられる場所にすること。そういう責任があると思っていた。

厳しく接するのも玲香のため。父親のつとめ。

もっと違う接しかたがあったと気づいた時には遅かった。玲香は家を出ていき、いまだに一度も帰ってこない。

どうすればよかったんだろう。答えはいつも見つからない。

「あ、おかえりなさい」

玄関の戸を開けたら、ちょうどそこに佐竹が立っていた。家族を迎えるような気安さにむっとしながら靴を脱ぐ。

「おつかれさまでした」

「疲れたで、人手が足りてへんから」

「ああ、はあ」

皮肉が通じないのか。がっくりと項垂《うなだ》れながら洗面所で手と顔を洗う。ほとばしる水の冷たさに、冬が近づいてきていることを知る。

食卓にホットプレートが用意されている。薄く切ったかぼちゃや玉ねぎをのせた大皿が運ばれてきた。鉄板焼きなんてふたりの夕餉《ゆうげ》にはめったに登場しない。いや皆無《かいむ》と言っていい。妻はいったいなにを張り切っているのだろうか。

「いっぱい食べてな、佐竹くん」

こんもりとごはんが盛られた茶碗を運んでくる照代の華やいだ声に、山田は自分の眉間の皺が深くなるのを感じる。若い男にでれでれしおって、という苛立ちではない。そんなじっとりした雰囲気は感じられない。妻の全身から発せられる「誰かの世話を焼ける喜び」が山田を息苦しくさせるのだった。

「すみません、いただきます」

両手を合わせる佐竹から目を逸らして、鉄板に野菜や肉を並べる。じゅっというかすかな音とともに肉の脂が溶ける甘い匂いが漂う。

玲香がいた頃はよくこうやってホットプレートを囲んだ。焼肉はなにかいいことがあった時の褒美《ほうび》的なメニューだったが、お好み焼きは毎週のように出てきた。三人でせっせと餃子《ギョーザ》の皮を包んで焼いたこともある。

「昼間の話の続きやけどな」

食事を終えたところで、山田のほうから切り出した。ごはんをおかわりしたうえ、デザートにアイスクリームまで出してもらっている佐竹が「あ」と姿勢を正し、ちらりと妻に視線を送る。

妻は「さ、洗いものせんと」と立ち上がる。水を出していると居間の話し声は聞こえないから用があったら台所まで来てくれと、言わずもがなのことをくどくど述べて台所に消えた。

おおかた「会社を辞めたい」という相談をしに来たのだろう。それしかない。午後の作業をこなしながら、そう考えていた。

しかし佐竹は「今つきあっている人がいるんです」などと言い出す。

「……ああ」

相槌を打ってはみたが、あとが続かない。まさか恋愛相談をしに来たのか。よりによって、この俺にか。新鮮な驚きとともにもじもじしている佐竹の顔を凝視する。

「彼女の実家、和菓子屋さんなんです。あ、実家は奈良にあって、地元では有名なお店らしいです。彼女のお兄さんが継いでるんですけど、それで今その、彼女から僕と結婚したい、と言われまして」

「……ああ」

佐竹の交際相手には「佐竹と結婚し、ついでに実家に戻って兄とともに事業を拡大したい」という展望があるとのことだった。すこし前から事業を拡大し、これまで個人営業でやっていたのを法人化し、百貨店に出店し、これからさらなる発展を狙っているというからこの時代になかなかないことだろう。

佐竹にもその家業を手伝えという話なのかと言うと、そうではないという。

「それは好きにして、と言われて。彼女の実家に同居するわけでもなく、近くで仕事を見つけてほしいと。ただお互いに仕事をするわけだから、家事などは分担したいと」

なるほどなあ、という自分の声が、まるで呻《うめ》いているように聞こえた。今どきの女やなあ、と感心したのだが、ずいぶん苦しげに響いたことに自分でどきりとする。それほど古い考えの持ち主ではないつもりだったが、やはりどこかで「女の仕事」「男の仕事」を分けて考えている。結婚を切り出すのも「男の仕事」に含めていて、だからさっき「……ああ」としか答えられなかったのだろう。

佐竹がちらりと台所のほうを見やって、声をひそめる。

「彼女、子どもがいるんです。三歳の男の子」

三度目の「……ああ」を漏らしながら、佐竹がわざわざ自分を相談相手に選んだ理由を悟った。

会社の誰か、藤尾あたりに聞いたのだろう。照代とはじめて出会った時、玲香は四歳だった。

照代が前夫と別れたのは玲香がまだ生まれてまもない頃だった。前夫は滋賀の田舎のほうの、まあまあ金持ちの次男坊だった。妻が言うには「怠け者で、言動が粗暴」な男。その家の長男が不肖の弟に「嫁でもあてがったらちょっとはましになるやろ」という理由で選んだ嫁、それが照代だった。

前夫は無職だったが、本家からの援助があったので生活の苦労はなかった。しかし前夫が「ちょっとはまし」になることはなかった。日中は仕事にも行かず家でごろごろして、そのことについて照代がなにか言えば機嫌を悪くして大声を上げる。

だから照代は玲香を連れて、大阪に逃げてきた。昼は保険の外交員をし、夜はスナックで働く生活の中で、山田と知り合った。

ほたるいし園芸に保険の営業でやってくる照代が小さな子を抱えていることを、なぜか社員はみんな知っていた。社長は照代にたいし「ひとり寝はさびしいやろ」とか、時にはもっと直截《ちょくせつ》な言葉を投げかけることもあった。それを笑顔でかわす照代を見ていたら、なんだか無性に腹が立った。

ある時たまらず「笑いたくない時は笑わんかてええんや」と言った。やさしく伝えるつもりだったが、怒鳴るような口調になってしまった。みんな、びっくりした顔で山田を見ていた。照代も、社長も、光岡も。

「だってそれまでいっぺんも口きいたことなかったのに」

ずっとあとになって、照代はそう語った。ひどくおかしそうに、肩を揺らしながら。

結婚する前に照代とふたりで出かけたことは一度もない。初回から玲香が一緒だった。照代にとっては「自分の良き夫」ではなく「娘の良き父」になれるか、ということのほうが重要だったのかもしれない。

はじめて会った日、くまのぬいぐるみを抱いた四歳の玲香は、大きな目で山田を見上げていた。

大人相手でもままならないのに、小さな女の子となるともうなにを話してよいのか、皆目見当がつかなかった。玲香もずっと母親のスカートの裾をつかんだままで、どうしてよいかわからないようだった。

駅で待ち合わせて、万博記念公園に向かった。照代がつくった弁当を持って。

玲香はどんぐりを拾い集めていた。妻が「トイレに行ってくるから、あの子を見といてくれへん？」と姿を消したので、山田は所在なくしゃがんでいる玲香を見下ろしていた。

玲香はどんぐりを拾い上げては、また地面に放る。

「帽子がついてるのがいいの」

「こんなんとかか？」

足元に落ちていたどんぐりを拾って差し出すと、玲香が歓声を上げた。

「この帽子、髪の毛みたい」

「これはクヌギの実や」

玲香がふしぎそうに復唱する。おさない子どもの発音では「クヌギ」は「ぬぬに」と聞こえ、そのことが山田の頬をゆるめさせた。

「そや。ク・ヌ・ギ、や」

「これは？」

クヌギよりは小さくて細長い実をのせた手を、山田に差し出す。

「それは、コナラやな」

大きなどんぐり、小さなどんぐり。木、草、花。そんなふうに認識していたものにちゃんと種類があり、それぞれに名前があるということに、玲香はその時はじめて思い至ったらしい。木々を見上げ「あれは？」「あれは？」とつぎつぎに名前をたしかめはじめた。それは公園を出て、駅に向かうまで、道端の雑草や民家の植えこみの花にたいしても続いた。もちろん、山田はそれらすべてに正確に答えることができた。

「玲ちゃん、おじちゃんはすごい人やなあ」

照代はうれしそうに言って、玲香に頬を寄せた。玲香はくすぐったそうに目を細めて、山田に尊敬のまなざしを送っていた。尊敬という感覚は本人にはなかったかもしれないが、その瞬間に浮かんでいたのはそういった類の感情に違いないように山田には思えた。

この子の父親になる。そう決意した。この子を、照代を、幸せにする。

「山田さんは、こわくなかったんですか」

佐竹がおずおずと問う。誰かの人生に深く関わるということ。三歳の人間の今後に及ぼす自分の影響。そんな強い不安を佐竹は抱えているらしい。

「僕はほんまに彼女らを幸せにできるでしょうか。そんな重大な責任、果たせるんでしょうか」

交際相手のほうは実家に戻るための準備を着々と進めている。佐竹は彼女とその子が好きだし、離れたくないが、ようやく慣れたほたるいし園芸の仕事をやめるとすぐには決意できずにいた。

そんな時、彼女と息子が熱を出したという連絡を受けた。たまらず、アパートを飛び出したのだという。風邪と引っ越しの準備の疲労が重なったようだった。ふたりとも三十九度の熱があった。

よほど動揺していたのか、佐竹は駆けつける途中でスマホをどこかに落としてしまった。会社に連絡をしなければならないと思ってはいたが、どう説明していいかわからないままずるずると今日まで過ごしてしまったという。

「ていうか『そんな理由で休むな』って言われるんちゃうかなと思って」

佐竹は今や、亀のように首をぎゅっと縮めている。昼に話していた嘘くさい話はぜんぶほんとうのことだったのか。

もっともらしい嘘をつく如才なさも、ありのままを周囲に話す誠実さも、佐竹には欠けている。重大な責任を果たせるのかと問われればそれはもう「否」と答えるしかない。責任の大きさに、すくなくとも山田はおびえていた。だからこそ躍起になった。肩に力が入りっぱなしだった。玲香はやがてそんな自分を疎《うと》んじるようになった。ほんとうの父親でもないくせに、と。

玲香ちゃんって、お父さんからへんな目で見られたり身体に触られたりしているらしいよ。近所でそんな噂が広まったのは、玲香が高校生の時だった。

山田はけれども「血のつながりがないからみんな勝手なことを言うのだ」と気にもしなかった。でもそれも、噂の出所が玲香だと知るまでの話だ。

「あたし、あの人嫌いなんよね。気持ち悪いんやもん」

あちこちでそう触れまわっていたと知った。山田がそういった行為をするとまでは言わなかったはずだ。なぜならば、そんな事実は一切ないから。

けれども噂には尾ひれがつく。玲香を恨む気持ちはない。娘を女として見るような気持ちは一切なかったと誓うが、小さい頃と同じように頭をぽんと叩く仕草や、自分がなにげなく向けた視線が、十代の玲香にとっては耐えがたいものだったのかもしれないと想像するとなにも言えなくなる。

照代は「お父さんに限ってそんなことはない」と周囲に言ってまわったが、それでもやはり、山田にはレッテルが貼られた。「事実かどうかはわからないけど、そういうことをしてもおかしくない人」という。

もしかしたらずっと前から、貼られていたレッテルだったのかもしれない。血のつながった親子ではないから。そういうケースは世間にはいくつもあるから。そんな理由で。

「幸せには、でけへんよ」

いつのまにか、妻が背後に立っていた。その言葉に傷ついたような表情を浮かべる佐竹に苛立つ。だいじょうぶやで、と励ましてもらえると思っていたのか。

「だってわたしら、お父さんに幸せにしてもらったことなんかいっぺんもないもの」

とつぜん放たれた「いっぺんもない」の鋭利さは、佐竹ではなく山田を切りつけた。傷ついたなどと言える立場ではないくせに。良い夫にも父にもなれなかったことは自分がいちばんよく知っているのに。

「でもね」

照代が佐竹から山田に向き直った。蛍光灯の加減か、ほうれい線と頬のたるみがいつもよりくっきり見えた。老けたなあ、と照代が知ったら激怒しそうなことを思う。

「ずーっと幸せでしたよ。わたしはね。お父さんと結婚してからずーっと。自分を幸せにできるのは自分だけやもん。佐竹くんは、幸せにするとかなんとか、ちょっと思い上がってるんちゃう？」

そうだ。妻はもともと、そういう女だった。自分で人生を切り開き、必要なものを選びとる。

佐竹がつきあっている女もきっとそうだ。幸せにしてもらうために佐竹を選んだわけではなかろう。

佐竹への返事は変わらず「否」だ。けれども熱を出したと聞いてとっさに飛び出していったという。その行動がすでに物語っている。責任を果たせるかどうかなんてことより、佐竹がどうしたいか、誰と生きていきたいかが大切なのではないのか。

「もうすぐ辞める会社のおっさんに話すんやのうて、相手に話したらどうや。自分の正直な気持ちを」

直接言わないから、どんどんこじれていくのだ。自分のように。

山田は立ち上がって、妻と目線を合わせる。

「ところで玲香は、今どこでなにをしてるんや」

妻が「ハァ」と大げさな息を吐いて、頬に手を当てる。「今頃？」と呆れ顔で、山田を見ている。

「今頃訊くんや？」

「いや、その」

玲香は大阪市内の会社に勤め、ひとり暮らしをしているという。「二か月に一度は会っご愛読ありがとうございます。

読者カード

●ご購入作品名

［　　　　　　　　　　　　　　　　　　　　　　］

●この本をどこでお知りになりましたか？

1. 書店（書店名　　　　　　　　　　　　）　2. 新聞広告

3. ネット広告　4. その他（　　　　　　　　　　　）

年齢　　歳　　　性別　男・女

ご職業　1.学生（大・高・中・小・その他）　2.会社員　3.公務員

4.教員　5.会社経営　6.自営業　7.主婦　8.その他（　　　）

●ご意見、ご感想などありましたら、是非お聞かせください。

●ご感想を広告等、書籍のPRに使わせていただいてもよろしいですか？

（実名で可・匿名で可・不可）

●このハガキに記載していただいたあなたの個人情報（住所・氏名・電話番号・メールアドレスなど）宛に、今後ポプラ社がご案内やアンケートのお願いをお送りさせていただいてよろしいでしょうか。なお、ご記入がない場合は「いいえ」と判断させていただきます。

（はい・いいえ）

本ハガキで取得させていただきますお客様の個人情報は、以下のガイドラインに基づいて、厳重に取り扱います。

1. お客様より収集させていただいた個人情報は、よりよい出版物、製品、サービスをつくるために編集の参考にさせていただきます。
2. お客様より収集させていただいた個人情報は、厳重に管理いたします。
3. お客様より収集させていただいた個人情報は、お客様の承諾を得た範囲を超えて使用いたしません。
4. お客様より収集させていただいた個人情報は、お客様の許可なく当社、当社関連会社以外の第三者に開示することはありません。
5. お客様から収集させていただいた情報を統計化した情報（購読者の平均年齢など）を第三者に開示することがあります。
6. はがきは、集計後速やかに断裁し、6か月を超えて保有することはありません。

●ご協力ありがとうございました。

郵便はがき

おそれいりますが切手をおはりください。

102-8519

〈受取人〉

東京都千代田区麹町4−2−6 9F

株式会社 **ポプラ社**

一般書編集部 行

お名前 （フリガナ）

ご住所 〒 TEL

e-mail

ご記入日 年 月 日

てお茶してる」と聞かされて衝撃を受けた。連絡をとっているらしいことは知っていたが、そこまで頻繁に会っているとは知らなかった。

「同じ趣味の友だちと遊んだり、彼氏とデートしたり、毎日楽しいって言うてるで」

「俺のこと、なんか言うてるか」

とくになにも、というのが照代の答えだった。「お父さんは元気よ」という照代の報告に「ああ、そう」と頷くだけだという。

「……まあ、単純にお父さんに興味ないだけちゃうかなあ」

「興味がない？」

避けられ、疎ましがられ続けていると思っていた。この十数年ずっとだ。それが「単純に興味ない」とは。なんやそれはとがっかりしながら、同時に膝の力が抜けそうになるほど安堵《あんど》していた。よかった。「毎日楽しい」のか、玲香は。

ほんとうによかった。

よかった、と声に出して言ったら、涙がじわりと滲み出た。袖で擦《こす》ったら、照代が「あほやなあ、お父さんは」と呟く。

「あのう」

正座した佐竹が困った顔で山田と照代を交互に見る。そういえばまだこいつがここにいたのだ。すっかり忘れていた。

「で、僕はどうしたらいいんですかね？」

「知らん！　自分で考えろ！」

「知らん！　自分で考えなさいよ」

ふたりの声がそろった。佐竹が「ふへぇ」というようなすこぶる情けない声を漏らした。

しっかりしてくれよ、と呆れながらも、明日、佐竹を社長のもとに連れていこうと思った。信頼を裏切ったことにたいする釈明はもちろん、佐竹本人がしなければならない。でも自分もせめて「許してやってくれ」と言い添えるぐらいのことはしよう。社長もあと数日で会社を去る自分の最後のわがままなら、聞いてくれるだろう。光岡のようにはなれなかったが、自分もあの会社でそれぐらいの働きはしてきたのではないだろうか。佐竹のつむじを見下ろしながら、そんなことを考えている。

＊

手術を終えた市子さんはストレッチャーにのせられた状態で運ばれてきて、けれどもちゃんと目を開けていた。佑と目が合うなり「あんたお腹《なか》空いてへん？」と訊ねた。身体の一部を取ってしまうような手術のあとにこちらの腹の空き具合なんか心配しないでほしかった。

「ベッドの横に御座候《ござそうろう》あるから、食べなさい」

しっかりと目は開いているものの視線はぼんやりとしており、早口で言い終えると目を閉じてしまう。まだ麻酔がきいているので、と市子さんを病室まで運んできた看護師さんが説明してくれた。

市子さんが眠ったあとにさがしてみたが、ベッドの横にあると言われたはずのそれはどこにもなかった。麻酔で記憶が混乱していたのかもしれない。食べたかったわけではないが、あると言われたものがないとなるとがぜん食べたくなり、病院の外に出た。駅の近くに「たこやき・おこのみやき」という看板を掲げている小さな店に「回転焼き」という貼り紙があったのを覚えている。

四つ買い求めて、そのうち三つを袋に入れてもらった。自分の祖父と、仕事を終えたら病室に顔を出すであろう佐門と、もうひとつは市子さんのためだった。あと数時間は飲食禁止だろうが、それでも買わないという選択肢はなかった。

市子さんも祖父もそうだ。なんでもかならず人数分。佑が好きではないお菓子も、佐門が食べたがらないくだものも、人数分用意する。用意されたからぜったいに食べなくてはならないということはなくて、「いらない」と言えば、誰かが代わりに食べた。

回転焼きを食べながら病院に戻る。そういえば市子さんは、回転焼きのことは回転焼きと呼ぶのに『御座候』の回転焼きのことは御座候と呼ぶ。昔からそうだ。単純に語感の問題なのか、なにか別格の存在だと思っているのかはわからない。あとで訊いてみよう、と思いながら歩き続ける。

市子さんはよく『御座候』の包みを持っていた。

佑の人生から最初に姿を消したのは母親だった。ある日突然いなくなり、つぎに父親が消えた。消える前に自分の父親に「しばらくこの子、頼むわ」と佑を押しつけていったということは、いちおう死なせてはならないぐらいのことは思ってくれていたらしい。以来一度も佑の前に現れないので、たしかめようがないけれども。母の次に父が消え、その後はずっと祖父と暮らしている。

祖父は佑の祖母にあたる人に先立たれ、ひとり暮らしをしていた。佑のことはかわいがってくれたが、その頃は病気がちで、よく入院していた。近所の人が世話をしてくれたが、基本的には毎日病院で過ごした。だから佑は、保育園にも幼稚園にも通っていない。

何度目かに入院した時、同じ病室にいたのが、市子さんの夫で佐門の父親である国村さんという男の人だった。カーテンがしまっていて姿はよく見えなかったが、時々看護師さんや家族を怒鳴りつける声が聞こえてきた。

病気は人から余裕を奪うんや、と祖父が佑に教えてくれた。本人のせいではないけど看病する家族はしんどいわな、と。

だからその病室に通ってくる市子さんと佐門は「しんどい人たち」だった。

『御座候』の回転焼きは国村さんの好物だった。だけどいつもひとくちぐらいしか食べられなかったし、買ってこいと言ったのに市子さんの顔を見るなり「もういらん」とゴミ箱に叩きこむ時もあったと、あとになって市子さんから聞かされた。

祖父が眠っている時などは、佑は病室ではなく病棟のロビーでひとり時間をつぶした。そうすると、見舞いに連れてこられた佐門が寄ってきて、そんな時は一緒に遊んだ。

市子さんもよく佑に話しかけてきた。佐門は平日は保育園に通っていたので、病院では市子さんと接した時間のほうが、圧倒的に多い。よく食べものや飲みものを買ってくれた。ひらがなの読みかたを教えてくれた。ずいぶんやつれた顔をして、国村さんには毎日怒鳴られて、それでも佑には、やさしかった。

一度、市子さんが自分の手帳に「佑」と書いてみせたことがある。それが自分の名前だと、書けはしないが字のかたちで知っていた。

「わたしの息子、佐門っていうねん……右と左やね」

右と左。意味がよくわからなかったので、黙っていた。

「うちの子になる？」

市子さんがそう言った時、反射的に「いやや」と答えてしまった。考える前に声が出た。

市子さんは「せやろな」と、すこし笑った。

祖父が退院したあとまもなく、国村さんは亡くなった。お葬式に連れられていったことも覚えている。

いっときは疎《そ》遠《えん》になったが、その後市子さんたちが引っ越した文化住宅がたまたま祖父の家の近所だったこともあり、つきあいが復活した。

祖父が入院した時に市子さんに預けられたこともあるし、市子さんが仕事で遅くなる時に佐門が祖父の家で過ごしたこともある。親戚でもないのに、よくそんなことができたものだと今になって思う。市子さんに言わせれば「困ってる人に手を貸すのはあたりまえ」らしいけれども。

すこしずつぬくもりを失っていく紙袋を右から左に持ち直す。通りの向こうに、駆け足で病院を目指す佐門の姿が見えた。

金曜日

FRIDAY

Samon Kunimura

国村佐門

晴れ時々雨。その天気予報のとおりに、雨が降り出したらしい。

会議室まで聞こえてくるほどの雨音に反射的に顔を上げるが、この部屋には窓がないから外の様子がわからない。アトラクションのいくつかはすこしの雨でも運行中止になる。机を囲んでいる従業員のうちの数名が腰につけた無線機を確認するような仕草をした。

今日は週に二度の企画会議の日だ。ほたるいしマジカルランドでは年に数回、人気のアニメや映画とのコラボイベントを開く。それとはべつに毎月のヒーローショーやほたるいしマジカルランド独自のイベントなども実施している。ひとつ終わればすぐまた次という感じで、休む暇もない。

コの字にくっつけられた机の、ホワイトボードに近い席に佐門は座っている。隣には主任がいる。いつもこの並びだ。主任がペンを走らせるたびに、ペンの端についているふわふわした白い犬が佐門の肘に当たる。

佐門が入社した頃の主任はまだ独身で、休日はバイクに乗って釣りに行ったりボクシングを観戦したりするのが好き、という人だった。結婚して娘が生まれてから趣味が変わった。本人の言葉を借りると「ファンシーのとりこになった」のだそうだ。

かわいらしいキャラクターのグッズや幼児向けのアニメにどんどんくわしくなっていって、今では娘とともに少女向けの雑誌を熟読している。主任の変化を見ていると、「女性向け、男性向け」といった区別はほんとうに意味があるのだろうか、とよく思う。そういったターゲットの絞りかたはもうとっくに意味をなさないものになっているのではないかと。

雨音がさらに大きくなった。虹が出たらいいのに。雨が降るとかならず思うことをまた思う。そのせいで関谷《せきや》が喋っていた言葉のいくつかを聞き逃してしまった。

佐門の斜め前に座っていた関谷が、一瞬不安そうに口を噤み、佐門を見つめる。上の空だったことが伝わってしまったのかもしれない。謝る代わりに小さく頷いてみせると、咳払いをしてまた喋り出した。関谷が中途採用されたのは去年のことで、前の職場も遊園地だったという。

「前の会社の企画会議はうちとはぜんぜん違いました」と、以前話してくれた。まず企画書をつくって、上司の承認を得て、それから会議にかけて、という段階を踏まねばならず、なにかと時間がかかった。それがうちでは、と関谷は笑っていた。ほたるいしマジカルランドを「うち」と呼ぶ。しかも、ごく自然に。

「会議っていうか雑談みたいな感じじゃないですか。なのに意見がぽんぽん飛び交ってちゃんとまとまってどんどん実行に移されていくのがすごいですよね。なんだったら普段の会話が会議みたいなところありますよね。最初びっくりしました」

なにか社長に話したいことがある時にいちいち会議を待っていられない、とみんな思っている。社長は毎日スタッフに頻繁に話しかけるし、面と向かっては言いにくいことも多かろうとメールフォームで意見を受けつけてもいる。各人が職場にたいして持ったささいな不満はいずれ大きな問題に発展する。ささいな、であるうちに解決できることがあれば協力したいとのことだった。

メールフォーム。不満。また意識が遠くへ行きそうになり、佐門は関谷に視線を戻す。

関谷がコラボイベントを考えているアニメはテレビ放送が開始されたばかりだが原作にはすでに固定ファンがついており、今後さらに人気が出るはずだとタブレット片手に力説している。少女探偵のセシル（日本人）が日常の謎を解き明かすという内容に沿って、謎解きスタンプラリーを実施する。悪くない企画だと佐門が言うと、数名から同意の声が上がる。関谷はほっとしたように息をついた。額の汗を拭っているところを見ると、相当緊張していたのだろう。よほどそのアニメに思い入れがあったのかもしれない。社長がここにいたらどんな反応を示すだろうかと、数日前に病室で村瀬について話したことをちらりと思い出す。

佐門もはじめてプレゼンした時はそれなりに緊張した。柄にもなく「人人人」と手のひらに書いたりもした。前日に何度も練習したにもかかわらず、第一声はみっともなく裏返った。もう忘れたいのに、主任の心配そうな表情まで鮮明に記憶している。

佐門が提案したのはコラボイベントでもヒーローショーでもなく、オパールくんとパールちゃんの着ぐるみによるショーのイベントだったが、なんだかんだで採用はされなかった。

社長の息子だから優遇されているのどうのと噂されていることは知っている。そんな自分でもつまらない企画を出せば即座に却下されるし、ミスをすれば他の社員以上に評価が下がる。

このあいだもそうだった。佐門が提案した絵本作家の原画展の企画は通らなかった。就学前の子どもや小学生に人気の絵本作家で、作品のひとつはアニメ化もされている。いける、と思っていたが「地味すぎる」と一蹴され、「ぜんぶ思いどおりになると思ったら大間違いやで」という忠告まで受けた。

「ぜんぶ思いどおり」になったことなんか、一度もない。

話題は数日後に開始を控えたイルミネーションイベントに移ったが、こちらは確認事項のみで終わった。毎年専門のイベント会社に委託しており、今年は『光と時の旅』というテーマだ。「時空を超えるトンネル」と名付けられたイルミネーションのトンネルを抜けると園内の広場に出る。ここにはランタンが配置され、最後に時計台を模した塔が人びとを出迎える、という構成になっている。

あおいから「一緒に見に行きたい」とせがまれたことを思い出して、佐門の手が止まる。仕事だから一緒に見るのは無理だと告げると、「初日じゃなくてもええから。期間中の休みの日はあるやろ、いつでもええの、それでもだめなん？」とむくれた。休日とはいえ、自分の職場に恋人を連れていくのは気が進まない。気が進まない、と言えばまたあおいは機嫌を損ねるだろう。

　正直に言えば、まだ彼女の存在をオープンにしていいものか迷っている。そしてその気持ちもまた、あおいに見抜かれているのだった。

「そういえば、社長はどうですか？」

　主任が言い、全員が一斉にこちらを見た。

「ああ、手術も終わって、経過は順調なようです」

　くわしく話すべきなのだろうが、婦人科系の病気について自分の口から話すのは気が引ける。だが全員「順調」の二文字で満足したようだ。退院はイルミネーションの初日に間に合いますかね、とにこにこしている。

「どうでしょう。退院後もしばらくは自宅安静になるでしょうが」

「でも社長、おとなしくしててくれなそう」

「ぜったい見に行くって言うやろな」

「言う！　ぜったい言う！」

わたしたちの愛すべき社長。そう言いたげなみんなの笑顔。社長が好かれているのはよいことなのだ、と思おうとする。反発などしていない。「ぼくのママやぞ！」と地団駄を踏む幼児のような気持ちなど一ミリも抱えていない。それでも佐門は、一緒に笑うことができない。

「……で、あれはどうなってんの？」

主任が声をひそめる。社長は「今後広告への出演をすべてとりやめる」と表明したばかりだった。ここにいるスタッフは「社長はすでにほたるいしマジカルランドの顔だ」と反対している。社長に言わせれば「それがあかんねん」とのことだった。なにが「あかん」のかということまでは言わなかったが、会社は誰かが欠けてもうまくまわるように運営しなければならないという常日頃の口癖から考えるに、以前から「社長＝遊園地の顔」という現状をどうにかしたいと考えていたのだろう。今回の病気で、なおさらその思いが強まったのではないだろうか。

後任には女優の木村幹を起用したい、というのも社長の意思だ。木村幹の所属事務所とのあいだで交渉中だが、その交渉自体はキャスティング代行会社に委託しているため、どのあたりまで話が進んでいるのか佐門にはわからない。

「本人に直接頼まれへんの？」

端の席に座っていた兵藤《ひょうどう》さんが口を開いた。兵藤さんは三十代後半の女性で、小学生の子どもふたりを育てつつ、ＰＴＡの役員などもこなしつつ、さらに仕事でもばりばりと実績を上げている。実の子どもである自分よりもずっと社長と似ている。物言いが率直なところもそっくりだ。

「木村幹と高校の同級生やったんやろ？　佐門くん」

ええっ、と関谷が上体をのけぞらせる。

「僕、知りませんでした」

「佐門くん、自分からは言わへんからな、そういうの」

記憶が次から次へとあふれ出てきそうで、強く奥歯を噛む。向かい風を受けてなびく長い髪。毛先が金色に光っていた。虹が出たらええのにね、と呟いた声。教室の喧噪《けんそう》。グラウンドの砂埃。

「そうだったんですか？　やっぱ昔から目立ってました？」

「モテてた？」

「卒業アルバムとか持ってんの？」

あらゆる方向から放たれる質問が止むまで、佐門は目を伏せて黙っていた。幹に関する質問には答えないと決めている。卒業アルバムを見せてくれと頼まれたことは、今までにも何度かあった。その都度「失くした」と嘘をついた。

「あまり覚えていません」

それ以上の質問を拒むように、書類とノートを抱えて立ち上がる。

会議室を出たらインフォメーションの田《た》村《むら》香澄が前髪をいじっているのが目に入り、「髪を直すなら化粧室でお願いします」と注意した。自分で思っていたよりずっと冷たい声が出てしまう。田村香澄は「はぁい」と不満げに肩をすくめる。

「田村さん、手帳の落としもの、届いてませんか？」

「え、手帳ですかぁ？」

どうでしょうねー、と間延びした声を出しながら、田村香澄がパソコンを操作する。たっぷりと数分待たされたのち「ないですねー」と言われた。

「そうですか」

たいしたことは書いていない。他人に読まれて困るようなことは書いていない。予定も時間と記号程度の記述で済ませている。個人情報保護の観点から言えばスマートフォンを失くすよりはずっとましだ。ただ、手帳を失くして今もそのままという状況はなんとなく落ちつかない。

ガラス戸の向こうの世界は灰色に濡れている。虹が出たらいいのに。同じような黒や透明の傘ばかりが押しこまれている傘立てから自分の傘をさがしながら、また同じことを思った。


雨のせいか、やはり今日は客が少ない。土日には二階席までいっぱいになる園内のフードコートも今日は閑散としている。奥の席に透明な雨除けのついたベビーカーが数台並んでいて、あとは窓際の席で向かい合っている老夫婦がひと組いるきりだ。

今日はどこの保育園も幼稚園も遠足の予定は入っていなかっただろうか。そうだったらいい。せっかくの遠足が雨でだいなしになるなんて、あんまりだから。

ほたるいしマジカルランドは他のテーマパークなどと違い、飲食物の持ちこみが可能なため遠足の行き先として人気がある。身体を動かして遊ぶアスレチックもあり、広々とした芝生やミニ動物園もある。

二歳かそこらの保育園児は、佐門の目には小型の人間というより異星人のように思える。短い手足を交互に出して歩く様子も、喋り声も。それが五歳ぐらいになるとちゃんと小型の人間になるのだからふしぎなものだ。その数年のあいだになにがおこっているのか。今度あおいに訊いてみようか。

　あおいとは今年のはじめに知人が経営する飲食店のカウンターで隣り合わせたことがきっかけで知り合った。はじめて会った時も遠足の話をした。

「うちの保育園の子たちも、ほぼ毎年遠足はほたランです」

　ほたラン。一般的にそう略されていることはもちろん知っているが、佐門自身は一度も使用したことがなかった。みだりに略称を用いることはなんとなく恥ずかしい行為のような気がしていた。その略称をなんの臆面もなく、初対面の、しかもそのほたるいしマジカルランドに勤務している人間に向かって笑顔で発するあおいは清爽《せいそう》で、すこやかで、まぶしかった。

　惹かれた部分なら他にもある。声と動作が大きいところがよかった。幼児相手に歌ったり踊ったりすることにまったくためらいを感じなそうな明るさがよかった。仕事で体力を使うからと、よく食べるところもよかった。幹に似ていないことが、なによりもよかった。好ましい部分なら指折り数えて挙げられるのに、それでもあおいを「僕の恋人です」と周囲に紹介する覚悟が、まだない。

　フードコートには三つの店が入っている。カレー、あるいはうどんとそば、もしくは丼。三つの同じ大きさの四角に区切られた厨房を見るたび、小学校の壁に貼られた絵のようだなと思う。同じ画用紙に描かれた絵。テーマはたぶん「働く人」。

新発売、という小さなシールが貼られた「キーマカレー」のボタンが目に入り、反射的にそれを押す。券には番号が振られている。ここで購入した料理が厨房に通知され、スタッフが料理を仕上げると壁面のディスプレイに券の番号が表示されるというしくみだ。席につくと同時にぴこんと音がして、自分の番号が表示された。湯気の立つキーマカレーののったトレイを受け取ってから席に戻ると、向かいの席に佑が座っていた。いつのまに。あいかわらず神出鬼没な男だ。

「よ」

「なにが『よ』や。毎日うろちょろしやがって」と軽く睨んだが、佑は平気な顔をしている。

「そこに座るんなら、なんか買ってくれ」

佑はわかったわかったと佐門を手で制し、券売機でクリームソーダの券を買って戻ってきた。

「あのさ」

佑が口を開くのと同時に、ぴこんと音が鳴る。

「クリームソーダできたって。取ってこいや」

「わかっとるわ」

佑が透明のプラスチックカップを手に、ふたたび佐門の前に腰を下ろす。毒々しい色のソーダの上にソフトクリームがとぐろを巻いている。ここのは青色やねんな、と佑に言われて、意味がよくわからなかった。

「青色？」

「クリームソーダのソーダってたいてい緑色やんか」

「知らん」

佐門はそういったものを注文した経験がない。クリームソーダとか、あるいはソフトクリームとかクレープとかそういったものは成人男性が人前で食べるようなものではないとすら感じる。そう伝えると、佑はふふんと肩を揺らしてストローの先でクリームを掬《すく》った。

「まあお前はそうやろな」

相応である、ということを佐門はもっとも気にする。年齢や立場にふさわしいふるまい、持ちもの、服装。佑は違う。自分が楽しいかどうかということがいちばん大事なのだと言って憚《はばか》らない。公園で小学生とトレーディングカードゲームをしているところを見かけたことがある。信じられないほど白熱している様子だったので声はかけなかった。別の日にはどこかの酔っ払いの爺さんとゲラゲラ笑いながら歩いていたし、ついこのあいだは犬を連れた中年女性と道端で盛り上がっていた。好きなことを共有できる相手なら性別や年齢に関係なく、すぐに友人になれてしまうのだという。

　ほんとうはこんな自分なんかより佑のほうがずっと遊園地の仕事には向いている。楽しむことに長《た》けていて、人が好きで。

　もしかしたら社長もそう思っているのかもしれない。ほたるいしマジカルランドに入社したのが、あるいは自分の息子が、佑だったらよかったと。

　気を抜くと「佑だったら」に心が支配されそうになる。これはいわゆるつまらない嫉妬だ、とあえて正直に認めることでかえって気が楽になる。

　他人と比べたってしかたない、という考えかたは、文句のつけようがないほど正しい。それでも佐門は自分の持っていないものを持っている佑が時々うらやましくてたまらなくなる。羨望《せんぼう》は憎悪と表裏一体になっていて、うっかりそれを引っくり返してしまう瞬間を恐れてもいる。

「佑、お前最近毎日ここに来てるけど、何なん？」

　社長が教えてくれないのならば、佑に訊ねるしかない。

「わたしの目になってほしい」

「は？」

「って頼まれてん。市子さんに」

園内の様子を細かく報告してほしい、という意味らしい。そんなことなら従業員の誰かに頼めばいいのに。

佑が青いソーダのストローに触れる。カップの中ではソフトクリームが溶け出していて、雲の浮かぶ青空のようだと思う。ほんとうの空の色よりずっと濃い青だ。にせものの空を、自分よりも母から信頼されている男がストローで吸い続ける。

「仕事の邪魔にならんようにって思ったんちゃう。お前はとくに今は忙しいやろうし」

「佑は無職やからな」

「無職って言うのやめて。スタンバイ状態って言うてくれる？」

「スタンバイなんて言うてたらあっというまにジジイになんで」

佑は数か月前まで洋服だとか雑貨だとかを扱う店で働いていた。細い路地の先の、古い長屋を改装したというその店の自由な雰囲気は佑によく似合っていた。本人も楽しんで働いているようだったがオーナーが「商売に飽きた」というむちゃくちゃな理由で店を閉めてしまった。今は数多《あまた》の知り合いから「店のバイトが急病だから一日だけ働いてくれ」とか「引っ越しを手伝ってくれ」とか頼まれて、いくばくかの謝礼をもらって生活しているという。いわばフリーの便利屋みたいな生活ぶりだが、一生は続けられないだろう。

「いや、市子さんが気にしてんのは佐門のことやと思うけど。せやから俺に頼んだんちゃう」

はあ？　と問う声が裏返り、急いで咳払いをした。予想外にカレーが辛くて驚いたように見えたらいい。熱を帯びた首筋にさりげなく手を当てた。

「お前ってなんか、たまにものすごい無理してるように見える時あるし」

「それはないわ。それは、ない」

佑がゆっくりと口を開く。重たい鉄の扉を開くように、腹立たしいほどゆっくりと。いらいらしながら返答を待っていると、背後で小さく悲鳴が上がった。老夫婦が水の入ったコップを落としてしまったらしい。厨房のスタッフがすぐに気づいて、モップ片手に駆け寄ってくる。ごめんなさいねえ、と両手を合わせて妻のほうが謝っている。

「だいじょうぶです」

笑顔で応じるスタッフの胸に「堀」という名札がついている。堀。ああ、例の子かと佐門はすばやい動作で床を掃除する彼女を見つめる。アトラクションの担当ならともかく、外部委託しているフードコートのバイトの名前などふだんは覚えない。堀琴音の名を覚えていたのは、田村香澄たちがしょっちゅうその名を口にしていたからだ。堀って子がなー、なんか同じ厨房の子の彼氏をとったとか言って揉《も》めてんねんて、などとキャッキャ笑う声が事務所まで聞こえてきた。あれで周囲に聞こえないように喋っているつもりらしいからおそれいる。

　幹もしょっちゅう、そんなふうに噂されていた。自分の彼氏に色目を使ったとか、男性教師にひいきされているとか。女子の友だちはひとりもいなかった。もし幹がわかりやすく異性に媚《こび》を売るようなタイプであったならばもっと違ったかもしれない。幹はそうではなかった。だからますます孤独になった。「どこがいいのかわからない」と言いながら、みんな幹を無視できなかった。

　堀琴音はエプロンをつけている。その腰のあたりで、輪っかが揺れていた。ビーズをつなげたブレスレットのようなものに紐を通し、制服のベルトループにさげているのだった。ごく最近似たようなブレスレットを見たような気がする。どこで見たんやったっけ、とこめかみに手を当てて考えていると、佑が「あのさあ、幹って二代目マジカルおばさんになんの？」と言いながら顔をのぞきこんできた。けっこう大きな声だったため、厨房に引き上げようとした堀琴音が一瞬こちらを見た。

「やめろ。大声出すな」

「ああ、ごめん」

　マジカルおばさん。それは公式の呼称ではない。社長出演のＣＭの動画などがＳＮＳで拡散されると同時にそう呼ばれるようになった。自分の母親が世間でマジカルおばさんなどと呼ばれている事実だけでもけっこうきついものがあるのに、幹がその二代目と呼ばれると思うとめまいがしてくる。

「幹本人に訊けば？　無理やろうけど」

佐門は幹の電話番号もメールアドレスもＬＩＮＥのＩＤも知らない。高校を卒業するまで幹は携帯電話を持っていなかった。持っていないのはたぶん、クラスで彼女ひとりだけだった。

連絡先を知らないのはみんな一緒だろうとたかをくくっていたのだが、佑はこともなげに「うん、そうする」などと、スマートフォンをいじりはじめる。

「連絡とれんの、幹と」

「え？　うん」

佑は顔を上げない。どんなメッセージを打っているのだろう。ひさしぶりー、げんきー？　ところで君二代目マジカルおばさんになるの？　とかか。そんなふうに気軽にやりとりするような仲なのだろうか。佐門の心の声が聞こえたかのように、佑が顔を上げた。

「そんなにしょっちゅう連絡しているわけではないで。たまに向こうから画像とか送ってきたり、こっちから元気？　って訊いたり」

「画像？　どんな？」

「なんか、肉とか」

「肉てなんやねん」

「店で注文した肉が予想よりでかくて驚いたとか、そういう時あるやろ」

「ないわ。なんでそれで写真撮ってお前に送ってくんの」

「知らん。誰かに伝えたいんちゃうかなあ、肉の大きさを。その驚き？　喜び？　を」

　あとは道端に猫がいたとかガリガリ君で当たりが出たとかそんな内容だという。他愛ないやりとりを何年も続けていることが、ふたりの近さをあらわしている。

「今京都におるらしいで、仕事で」

　それほど遠くない場所に、今、幹がいる。ただそれだけで、佐門の心は滑稽なほど落ちつきをなくす。

　二十歳の年に開かれた同窓会に、幹は来なかった。住所がわからなかったため所属事務所宛に送った同窓会の案内はがきが「欠席」に○をつけて返送されてきたという。ちょうど主演映画が公開された直後のことだった。佑も欠席だったが、たいした理由ではなかった気がする。バイトが入ったとかなんとか、そういう。

　その日は撮影のため、行けません。今回は出席できませんが、いつかみなさんと会える日を楽しみにしています。本人の字で、そんなメッセージが書き添えてあったそうだ。

撮影やて。同窓会も半ばを過ぎた頃、誰かが大きな声でそう言った。完全にゲーノージンやん。もう俺らとは住む世界が違うって感じー？　と同級生たちは笑った。湿度の高い、皮膚にいつまでもまとわりつくような嫌な笑いかただった。

「目立つ子でもなかったのにね」

「たしかに、めちゃくちゃ美人ってわけでもなかったよな」

そんな声もあちこちから聞こえた。幹を排斥《はいせき》しようとしていた女子も、かつて幹に交際を申し込んだ男子も、なぜかみんな口をそろえて言いたがった。「あの子、ぜんぜんたいしたことなかった」と。

ふいに矛先が自分に向いて驚いた。

「ていうか、佐門くんって木村幹とつきあってたんちゃうの？」

「そうそう、よう一緒におったやん」

そう訊かれて、黙って首を振ったことを覚えている。幹と行動をともにすることは、たしかに多かった。でもふたりではなかった。幹と自分のあいだには、いつも佑がいた。

「でも木村幹のほうは、佐門のこと好きやったんちゃう？」

その質問には、ちゃんと笑顔で「それはないよ」と答えられた。頬が引きつったり、声が震えたりしないよう、細心の注意を払った。

　幹が好きやったんは俺やなくて佑や。それは口に出しては言えなかった。どうして言えないのか、考えないようにした。わざわざ周囲に知らしめる必要のないことだと思うことにした。その時の感情に「嫉妬」のラベルを貼ることは、今ならばともかく二十歳の佐門には難しく、だから自分に向き合うことを避けた。

　いつのまにかスマートフォンをポケットに戻した佑が、頬杖《ほおづえ》をついて佐門を見ていた。
正確には、佐門の食べているカレーを見ていた。

「キーマカレー」

　呟いたことに自分でも気づいていないんじゃないかと思うような、ぼんやりとした声だった。同じ日のことを思い出しているのだ、と知る。

　幹は授業中、いつも寝ていた。年齢を偽ってキャバクラで働いている、という噂があった。援助交際をしているという噂もあった。クラス中、誰も口を利いたことがなかった。誰にも飼われていない猫のようにいつもひとりで、ひっそりとしていた。媚びたりおもねったりしないところも含めて、幹は猫だった。

　そんな幹が、一度だけうちに来たことがある。高校二年の夏休みだった。めずらしく母も在宅していた。部屋で勉強していたら玄関先から佑の声がしたので出ていったら、佑の隣に口の端と手の甲から血を流している幹がいた。なぜ佑が幹と一緒にいるのか、なぜ怪我しているのか、なぜうちに来たのかまったくわからず、ただただ混乱していた。

「救急箱、貸してくれん？　うちに連れていくよりこっちが近かったから」

佑がなんでもないことのようにのんびり言うので、佐門も平静をよそおって「ああ、あると思うけど」と答えることができた。

台所で傷の手当てをした。口の端の傷はあきらかに殴られたもので、手の甲をすりむいているのは、その際に転ぶかなにかしたのだろうと、片側だけ汚れた幹の服を見て想像した。はじめて見る幹の私服は黒いTシャツにデニムというシンプルなもので、ブレザーの制服を着ている時よりずっと細く、頼りなかった。

いきなり現れた息子の同級生の女子が怪我をしている理由について、母はなにひとつ訊かなかった。佐門もまた、訊く勇気がなかった。

佑は知っているようだったが言わなかったし、幹はあきらかに言いたくなさそうだった。

「よかったら夕飯、食べていったら？」

母が提案すると、佑は勝手に立ち上がってコンロの上の鍋のふたを開けた。

「カレーやん。ええ匂い」

「そう。キーマカレー」

母がよくつくる料理のひとつだ。ふつうのカレーより早くできるから、だそうだ。

「市子さん、おしゃれなもんつくってるやん」

「べつにおしゃれではないけど」

佑と母の会話を聞いていた幹が下を向いてかすかに笑ったので、佐門はひどく驚いた。

笑った顔なんて、はじめて見た。

器によそったカレーをひとくち食べて、幹はうっと顔をしかめた。

「傷にしみる？」

佑が小声で言うと、無言で頷いた。

「わかる。俺も今、口内炎にしみてる。でもおいしいよな、これ」

幹がまた下を向いた。肩がかすかに震えていた。この子は佑がなにか言う時だけは笑うのだ、とその時知った。

それから、三人で休み時間を過ごしたことが何度かあった。ふたりでいる時に幹が通りかかると佑がかならず話しかけて仲間に引き入れるので、そうなった。誰とも関わらない彼女とどうやって仲良くなったのかと何度佑に訊ねても「ふつうに」「なんとなく」と要領を得ない答えが返ってくるだけで、さっぱりわからなかったが、佑を通じてすこしずつ幹と佐門も仲良くなっていった。

幹はいつもバイトで忙しかった。キャバクラではなかったが年齢を詐称《さしょう》して飲食店で深夜まで働いているのはほんとうのことだった。

「家に金入れてるんやって」

佑がそう教えてくれた。

無職の父と、その父に逆らえない母との三人家族だった。夏休みの、とつぜんうちに来たあの日は、バイトを休んだことがばれて殴られたのだという。

幹には、どうしても観たい映画があった。だから佑が映画館に誘った。映画を観て、家まで送っていったら玄関先で父親が待ちかまえていたという。

あとでわかったことだが、幹の父は毎日バイト先に電話をかけてちゃんと働いているかどうかたしかめていた。目の前で頰を張られて倒れた幹を連れて、佑は反射的に逃げ出した。だってそんなんほっとかれへんやろ、と話す佑は落ちついていて、その時だけ自分よりずっと大人に見えた。

「どうにかでけへんのか？」

その時は本気で「どうにかしたい」と思っていた。幹を助けたかった。

「どうにもならへんよ」

だって幹はそれでも自分の親が大好きなんやから、幹が自分でどうにかしたいっていう気持ちになるまでは周囲がどうにかするのは難しいで、人には感情があるからな、と冷静に話す佑を、はじめて「遠い」と感じた。

幹もまた遠かった。彼らは遠くて、いつも佐門にやさしかった。それは「どうせ、佐門にはわからないだろう」という静かなあきらめを含んだやさしさだった。母親と仲の良いお前にはわからないだろう、と暗に言われている気がした。わからなくていいんだ、わからないほうが幸せなんだ、と。

一度だけ、幹とふたりで歩いたことがあった。放課後にとつぜん地面を叩くような強い雨が降り出した日のことで、幹は困った顔で腕時計と外を見比べていた。

バイト行くんやろ、送っていくから。折りたたみ傘を広げながら声をかけたら、ほっとした顔で傘に入ってきた。

「助かるわ、ありがとう」

細い声で幹が言ったが「うん」と短く答えるだけで精一杯だった。

クラスの他の女子とは普通に話せるのに、幹とはいつも会話が弾まなかった。ひとつの傘に入っていると、幹の華奢《きゃしゃ》さがなおさら際立った。首筋もかばんを持つ手も、折れそうに細い。伏せた睫毛《まつげ》の長さに驚いた。頰の青白さに。唇のかたちの良さに。ほんとうは以前からちゃんと知っていた。そのひとつひとつがとても美しいことも。でも肩が触れそうなほどの距離でそれらを見るのははじめてだった。
佑はいつも見ているのかもしれないし、もしかしたら触れたことだってあるのかもしれないと思うとなおさら口が重くなった。

「今日、佑くん休みやったね」

「あ、うん」

その日、佑は風邪で学校を休んでいた。佑について話し終えると、いよいよ話すことが思い浮かばなかった。にしても雨すごいな、と言ってから、羞恥《しゅうち》のあまりめまいがした。見ればわかることをわざわざ口にするのは野暮だ。

「虹が出たらええのにね」

幹がそう言った時、佐門は気まずく顔を背けていたから、どんな表情をしていたのかわからない。見逃したという事実を、今も重大な過失のように感じている。

高校を卒業した幹は東京の病院に看護助手として就職し、その後まもなく芸能事務所に所属した。佐門がそれを知った時にはすでに幹は映画出演を果たしていた。

のちに賞をとることになった主演作ではない、いわゆる学園ものの映画だった。小さな役だったがちゃんとセリフもあった。人気者の男子と冴えない女子が恋に落ちるというような内容だった。幹は主人公をいじめる意地悪なクラスメイトの役で、つんと澄ました顔が高校の頃とは別人のようだった。幹はほんとうはもとからこういう高慢な性格の女だったのではと勘違いしそうになるほどの演技に圧倒された。

あの頃から女優になりたいという思いをずっと胸に秘めていたのだろうか。佑には話していたのだろうか。

まずは東京で就職するという選択をしたのは、たぶん親を納得させるためだったのだろう。東京のほうが賃金が高いし、仕送りもできる、とかなんとか言ったりもしたかもしれない。そうやってみごと芸能事務所のオーディションに合格し、映画出演を果たした。けれどもそんなにうまくいくものだろうか、と同級生たちはしきりに噂した。あの同窓会の前も、今も。運が良かっただけと言う者もいれば、下衆《げす》な勘ぐりをする者もいた。いずれにせよ「木村幹って意外としたたかやな」という意見は一致していた。

したたか。佐門もまた、幹はしたたかだと思う。批難ではなく、賞賛をこめてその言葉を捧《ささ》げたい。ひそやかに夢を持ち続け、なおかつどんなわずかなチャンスも無駄にせず自分の行きたい場所に辿りついた。そんなことをやりおおせる彼女の強さも知らずに「助けたい」などと思い上がっていた自分の幼稚さが恥ずかしい。

今でも親に金を渡しているのだろうか。でもそれもまた、自分が心配するようなことではないのだろう。

昔のことを思い出しているあいだに、佑のクリームソーダは完全に溶けてしまったようだった。ぜんぶまじり合って水色になったドロドロした液体は、もうにせものの空ですらなくなっている。

ちょっと話したいことがあるんやけど。あおいからそんなメッセージが送られてきているのに気づく。

以前、女性従業員が自分のことを話している場に出くわしたことがある。結婚相手には云々、という内容の中に時折「スペック」という単語が交じった。そのスペックとやらが高いのか低いのかまでは聞かずにその場を離れた。どちらにしてもあまり気分の良いものではない。

あおいも自分と知り合った時、そんなふうに値踏みしたのだろうか。この男のスペックはどうであろうと、家電のカタログをめくるように他の男と比較したのだろうか。あおいはいつも「保育士は給料が安い」とこぼしている。つきあうならより高収入の男、と考えていても、それはまったくおかしなことではない。

「佐門くん、あたしと一緒におってもたまに他のこと考えてる時あるやろ」

あおいにそう言われたことがある。顔は笑っていたが、刺すような口調だった。

「……わかる？　仕事のこととか、たまにな」

「オンオフの切り替えがへたなんやね」

そんな会話でつつがなく終わらせたつもりだったが、ほんとうはあおいは「他の女のこと」と言いたかったのに違いない。つつがなく終わらせたつもりなのは自分だけ。

仕事が終わったら連絡してほしい、とメッセージは続いている。わかった、と返信しようとスマートフォンを持ち直すと、インフォメーションから声が聞こえてきた。萩原紗英の声だ。大きくはないが、よく通る。

「ご本人以外の方には、お教えできない決まりになってます」

インフォメーションのカウンターに両手をついて萩原紗英に「そこをなんとかお願いします」となにごとかを訴えているのは堀琴音だった。私服に着替えているところを見ると、もうフードコートのバイトは終わったのだろう。

手の中にあるブレスレットは昼間腰につけていたもので「もう一回訊きます。これと同じの届いてないですか？　友だちのなんです」と必死な顔で訴えている。

佐門はようやく思い出す。あれと同じブレスレットが園内に落ちていたのだ。ほたるいし園芸の山田さんが見つけたのを自分が預かり、インフォメーションに届けた。

堀琴音はそのかわいらしい顔に弱りきった表情を浮かべていたが、やがて意を決したように顔を上げた。

「わかりました。ありがとうございます」

ガラス戸を押して、出ていく。その後を追いかけた。

「ブレスレット、届いてるよ」

声をかけると、堀琴音はすこし驚いたように口を開けたのち、おずおずと頷く。あきらかにこちらを警戒している様子で、胸の前でトートバッグを抱きしめていたが、件のブレスレットを預かってインフォメーションに届けたのは自分だということを説明すると「どこに落ちてました？」と身を乗り出した。

「あっちで拾った」

山田さんと立ち話をした場所まで案内する。植えこみを見下ろした堀琴音が「こんなところに」と掠れた声で呟いた。

「あちこちさがしたんですけど、見つからなくて」

ブレスレットを落とした友だちの代わりにさがしてあげたのかと訊くと、首を振る。めいちゃんが、と口走ったが、その声はひどく震えていた。

「めいちゃんが投げ捨てたんです。こんなんもういらんって。目の前で」

「めいちゃん」とは同じ厨房のアルバイトだという。年齢が同じであるということもあり、仲良くしていた。ブレスレットは天然石アクセサリーの店でつくったおそろいだという。「めいちゃん」には大学生の恋人がいて、その恋人の友人を交えて数名で遊びに行くこともあったという。「めいちゃん」は自分の恋人の友人の誰かと堀琴音がつきあえばいい、と思っているようだった。堀琴音は、そういったことはいつか自然に好きな人ができたらでいいと考えていたし、ほんとうはごはんを食べるのも遊びに行くのも、「めいちゃん」とふたりのほうが楽しかった。

　しかし当の「めいちゃん」が「ぜったい彼氏つくったほうがいい、かわいいのにもったいない、人生損してる」とあまりに言うので、そういうものかと思い、黙っていたという。

「めいちゃんから『友だちやと思ってたのに』って言われて」

「うん」

　堀琴音はトートバッグを胸に抱えたまま、喋り続ける。そうしたことが続くうちに、「めいちゃん」の恋人は堀琴音を好きになってしまった。それで「めいちゃん」と堀琴音の仲はこじれてしまった、という経緯のようだった。偶然耳にしたあの話と展開はだいぶ違う。

「とったとか、ちょっかい出したとか言われてるんですけど、ほんとうになんにもしてないんです」

数日前に口論になり、目の前でブレスレットを投げ捨てられ、以降「めいちゃん」はずっとバイトを無断欠勤している。堀琴音はブレスレットを見つけ出し、もう一度「めいちゃん」に渡したいのだそうだ。しかしブレスレットは本人が取りに来ないかぎり返却できない。

「萩原さんに、事情を話しとこうか？」

「……いいです。めいちゃんともう一回話します」

誤解を解いて、めいちゃん本人に受け取りに行ってもらいます。そのように宣言する堀琴音の声は、もう震えていなかった。

この女の子を励ますような、なにかいい感じのことを言いたかったが、とくに浮かんでこなかった。きっとだいじょうぶだよなどという薄っぺらい言葉ならいっそ口にしないほうがましだった。佑ならきっと「いい感じのこと」が、しかも本心から言える。でも佐門は違う。無口でクールだとかいつも冷静沈着だとか言われているけど、実際は頭の回転が遅くて語彙《ごい》が貧弱なだけだ。自分がいちばんよくわかっている。

従業員通用口に向かっていく堀琴音を見送りながら、まだあおいに返信していなかったことをぼんやりと思い出した。

カウンターのいちばん左端。あおいが座る席はいつもそこだった。左利きのあおいは、飲食店などで手が他人とぶつからないようにいつも座る場所に気を遣っている。入ってきた佐門にすぐに気づいて、手を振った。耳元で大きな円が揺れる。観覧車のホイールを模したもので、はじめて会った日にもつけていた。「それ、いいね」とほめると「職業柄、遊園地っぽいものが気になる？」とおかしそうに肩を揺らしていたことを覚えている。

一、他に好きな人ができました。

二、あたしたち、距離を置きましょう。

交際相手をわざわざ呼び出して話すことといったら、だいたいそういう内容のことだろう。そう思いながらここまで歩いてきたが、あおいはなかなか口を開こうとしない。

「話ってなに？」

耐えきれずにこちらから切り出した。目の前に置かれた細長いグラスに注がれたビールに口をつけながら構えているとあおいが「えほんせんもんし、って知ってる？」と言い、とっさに理解できず、二度訊き返した。

絵本専門士、という資格があるのだという。その講座を受けようと思っている。それがあおいの「話したいこと」だった。講座の受講期間は半年ほど。講座は、東京でしか受けることができない。

「めちゃくちゃ人気ある講座で、申し込んでも選考で落ちるかもしれんけど、もし受講できたら土日は東京に通うことになると思うし、いちおう先に佐門くんに言うとくわ。会う時間減ったらごめんな」

「保育園のほうから、資格とれって言われたん？」

「ううん。自分で決めた。前から考えてはおったけどな。仕事に役立ちそうなことは、勉強しときたいから」

「へえ」

まじまじとあおいの横顔を見てしまう。会うたびにいつも「疲れる、給料が安い、むちゃくちゃなことを言う保護者がいる」とこぼすから、仕事があまり好きではないのだろうと思っていた。正直にそれを伝えるとあおいは肩をすくめる。

「愚痴ぐらい言うやろ、誰だって」

働くのがつらいです。

メールボックスに匿名で届いたメッセージ。あれを送ったのは自分だと、どうしても社長に言い出せなかった。

なんであんなことを書いてしまったのか、自分でもよくわからない。「ぜんぶ思いどおりになると思ったら大間違いやで」と言われた日のことで、ひどく疲れていた。

すぐに後悔したが、送信してしまったものはもう消せなかった。

愚痴などこぼしてはいけない。自分は他人より恵まれているのだから。ほんのすこしでも気を抜けば「調子に乗っている」と言われてしまう立場なのだから。

「がんばってるから愚痴も言いたくなる。佐門くんもそうなんちゃうの？」

こともなげに笑ってあおいが赤い液体の入ったグラスを傾ける。液体の正体はわからない。いちごの匂いがする。あおいは毎回違う酒を注文する。食事をする時もそうだ。新しいこと、知らないことにたいする興味がとても強い。

「そういうもんかな？」

「うん。あたし自分の仕事好きやもん」

佐門くんは？　と顔をのぞきこまれて、返答に困った。スマートフォンを確認するふりをしながら、さりげなく視線をはずす。

子どもの頃から、遊園地で働く母を見てきた。いつか自分も、と憧れていた。仕事は楽しい。イベントが成功した時の喜びはなにものにも代え難い。新しい企画を思いついた時はいてもたってもいられなくなる。でも。

「向いてると思ったことは一回もない」

視線を落としたまま答える。あおいが「ふーん」と呟いて頬杖をつくのを目の端でとらえた。

「向いてない、ってあたしもいろんな人に言われたよ、昔」

「保育士に？」

「うん」

あおいに向かって最初にその言葉を投げかけたのはあおいの祖母だった。理由は左利きだから。はさみ使うんもお箸使うんも左やんか、子どもらのお手本になられへん、あんたに保育園の先生なんかぜったい無理やろと笑っていたという。

「もちろん、あたしは『そんなん決めつけんといて』って言い返したけど、いい気分ではなかったよね。でも今は保育園でも小学校でも子どもたちは左利き用のはさみっていうのが選べんねん。おばあちゃんが子どもの頃は利き手を右に矯正《きょうせい》されるのがあたりまえやったんかもしれんけど『あたりまえ』は変わるんや。変わっていく。なんとなく自然に変わっていったわけではなくて『あたりまえ』を変えようと行動してくれた誰かがおったはず」

頰杖をついていないほうの、あおいの右手が佐門の腕に触れる。

「佐門くんもさ、向いてないって思うなら、変えていったらええんちゃう？　環境なり手段なりを」

「どうやって？」

「それは知らん。そんなん自分で考えてよ」

ははは、と大きく口を開けて笑うあおいはやっぱり清爽ですこやかでまぶしかった。

あおいは「けど左利きって便利やねんで」とまだ左利きの話をしている。恋人と手をつないだまま食事ができるって、高校生の頃読んだ小説に書いてあって、なにそれすてきー、やってみたいーって憧れた、とのことだった。当時のあおいにはすぐにそれをためせる恋人がいたのだろうか。いたとしたら、どんな相手だったのだろうか。

問おうとしてやめた。昨日や今日生まれたわけではない自分たちには互いに知り得ない「これまで」があって、でもそのすべてをあきらかにする必要など、たぶんない。

「あおい、あさっての夜、予定入れてる？」

「日曜の夜？」

イルミネーションの初日だから日曜は会えない。ずいぶん前からそう話していた。

「なにもないなら、ほたるいしマジカルランドに来て待っててくれへん？　ぜんぶ一緒に見てまわる余裕はないけど、すこしなら抜けられるから」

「そこまで無理して初日に見んでもええねんけど、あたし」

「俺が一緒に見たいんや。あおいと」

互いに知り得ない「これまで」以上のこれからを、たくさんのはじめてで彩っていこうと思った。

「しゃーないな。行ってあげる」

めんどうくさそうに首を振るあおいの頬と耳たぶが赤く染まっているのは、酔いのせいではないようだった。

「あさってな」

「そう。あさって」

数十時間後に迫っているのだと思ったら、胸の内でなにかが明るく、あたたかく灯《とも》った。

向いているかどうかはともかく、企画の仕事が好きだ。ほたるいしマジカルランドが好きだ。それでじゅうぶんだと思いながら、まだ赤く染まったままのあおいの耳元で揺れる観覧車を見ていた。

土曜日

SATURDAY

Seiya Misawa

三沢星哉

きらびやかな馬具をまとった白や茶色の馬たちと砂糖菓子のような水色の馬車が、今日も今日とて星哉の視界を行き過ぎる。自撮り棒を構えた観光客が馬から大きく身を乗り出してはしゃいでいて、あいつ落ちて怪我したりしたら嫌やなあと他人事のように思った。

この『ほたるいしマジカルランド』でアルバイトをはじめて、もう一年になる。メリーゴーラウンドというのは機械としては非常に単純な構造になっているらしく、だから操作も比較的容易で、新入りに割り当てられがちなアトラクションだという話を入ったばかりの頃に聞かされた。

もうそろそろ新しいアトラクションに異動させられる時期らしいが、星哉としてはずっとこのままがいい。このメリーゴーラウンド（ほんとうは『フローライト・スターダスト』と呼ばなければならないことになっているのだが）に愛着があるわけではない。村瀬じゃあるまいし。ただ新しいアトラクションに異動させられてまた一から操作マニュアルを覚えたり、テストを受けたりするのがめんどうなだけだ。どうしても嫌というほどではないが、ひたすら億劫だ。

この仕事に愛着などない。いい年をした男がいつも家にいるのでは体裁《ていさい》が悪いからとりあえずどこかで働けと言われて、『ほたるいしマジカルランド』のアルバイトの面接を受けたら採用されて、とくに辞める理由もないから今日まで続けているだけなのだ。

一、家から近い。

二、話のネタになりそう。

というふたつの理由から、ここを職場に選んだ。遊園地の裏側ってどんな感じなん？と興味深そうに訊ねる学生時代の友人たちの顔を想像して、ちょっと楽しくなる。卒業してそれぞれ就職したり家業を継いだりした彼らとは疎遠になっているけど、そのうちまた集まって飲む機会なんかもあるだろう。その時には精いっぱいおもしろおかしくここでのエピソードを話してやるつもりだ。

村瀬はよく休みの日に『ほたるいしマジカルランド』に来ている。いつもひとりで。友だちがいなくてかわいそうだ。友だちの多さをひけらかすようなやつは鼻につくが、かといって友だちがひとりもいないのはたいへんに恥ずかしいことだという認識が、星哉にはある。恥ずかしい人間にはなりたくない。

ここでの一か月分のバイト代は、毎月星哉の口座に振りこまれる地代収入より少ない。また村瀬のことを考える。あいつも毎月そうたくさん給料をもらっているわけではないだろう。友だちもいないし金もないなんて、そんな人生、自分にはとても耐えられそうにない。

十三歳で祖父の養子になった。多くの土地を所有する祖父から「相続税対策や」と簡潔に説明された。養子になったといっても、星哉のその後の生活にはしばらくなんの変化もなかった。祖父の家に移り住んだわけではない。実父を「お兄さん」と呼ばねばならなくなったわけでもない。それまでどおりの生活が続いた。

二十一歳の時に祖父が死に、星哉は祖父が所有していた貸地と駐車場、およびアパート一棟を相続した。アパートは管理会社に委託してあり、なにもしなくても一定の収入が得られる。

星哉には兄がひとりいるが、養子になったのは星哉ひとりだけだ。「俺は病院さえもらえればいいから」と兄は言った。

祖父は蛍石市内で総合病院を経営していた。父が継ぎ、その次は兄が継ぐ、そういうことになっている。兄は小学生の頃から勉強ができた。今は勤務医として大学病院に勤めている。

年を取ってもフリーターというのもなんだから、いずれはお前を副理事長かなにかにしてやろうと考えているのだがどうだ、とつい先日兄に提案されたばかりだ。病院の副理事長というのは医師免許がなくてもなれるものらしい。副理事長。悪くない。八歳上の兄は昔からなぜか星哉に異様に甘い。

つまり自分は「あくせく働かなくてもいい星の下に生まれた、一握りの恵まれた人間」

なのだ。あらためてそう実感しつつ、メリーゴーラウンド脇の小屋を振り返る。小屋には操作パネルやマイクがある。そこで、もうひとりのバイトの宮城《みやぎ》が終了のアナウンスをしている。回転が止まるまで、けっして席を立たないでください、云々。毎回同じことを同じように言うだけなのに宮城の声は裏返る。バイトをはじめて半年になるのにいまだに慣れないらしい。

　宮城は大学生で、土日を中心としたシフトで入っている。工学部だというからふだんどんなことをやっているのかとなにげなく訊ねたら星哉にはぜんぜん意味のわからない専門用語を連発しながら早口で喋りはじめたので、すぐに「もうええ」と遮《さえぎ》った。

　つまらない。ただでさえ男と組む日はつまらないのに、宮城の話がつまらないのでよりいっそうつまらない。

　どうせ働くなら女の子と一緒がいいのに。フードコートに入っている堀琴音みたいな子なら、なおいい。あの容姿ならもっとわりのいいバイトがあるだろうにフードコートで働いているところもいい。きっとひかえめで性格のいい子なのだろうと想像している。

　宮城がメガネをずり上げながら、客を出口へと誘導している。そのあいだに星哉は忘れもの、落としものなどがないかを確認してまわる。二階の一角獣の首にショルダーバッグが引っかかっている。星哉がそのことに気づくのと同時に、客が引き返してきた。

「すみません」

まだ中学生ぐらいか。おさない顔立ちに似合わない派手な化粧をしている。化粧なんかしないほうがぜったいにかわいいのに、どうして女は顔にごてごて塗りたくるんだろうとうんざりしながらショルダーバッグを渡してやる。

化粧の濃い女は男に好かれない。でも以前同級生の女にそう言ったら「ナチュラルメイクのほうが時間がかかるのだ、あんたが素顔だと思っているのはつくりこんだナチュラルメイクだ」と反論され、その場は勢いにのまれて「あ、うん」と頷いてしまったが、じつはいまだに納得していない。その女が知らないだけで素顔のままできれいな女はこの世にいると信じている。

先ほどの中学生が食べこぼしでもしたのか、一角獣の頭部にチョコレートのようなものが付着している。ポケットから取り出した布切れでそれを拭いた。ちょっとした汚れは見つけた時にすぐ拭けと指導されている。

一角獣は空想上の生きものだ。きわめて獰猛《どうもう》で、勇敢で、足が速い。角は水を浄化し、毒を中和する。純潔の乙女にのみ付き従う、という性質もある。純潔の。わかる。俺めっちゃわかるわ、お前の気持ち。星哉はチョコレートを拭き取りながら、しみじみと一角獣に共感する。同じ乙女ならば、純潔であるほうが好ましい。純潔と言ってもかたくなであってはいけない。フェミニズムに染まっていてはいけない。声高《こわだか》に権利を主張したりせず、清楚《せいそ》なファッションを好み、素直で、無邪気で、料理なんかも得意で、男と喋るのは苦手だけどそれはたんに恥ずかしがりなだけで、でも星哉にだけは心を開いてくれて、ついでに化粧をしなくても顔がかわいい、そういう乙女と、いつか出会いたい。いやもう出会っている可能性もある、と入り口に戻りながら思う。桜華《おうか》のことがちらりと頭をかすめる。

新たな客が入ってきた。一角獣は「乗ると願いが叶う」という噂があり、かなり人気がある。子どもが目をきらきらさせて駆け寄っていくのが見える。

「三沢さん」

宮城が背後に立っていた。パートの主婦が交代で来たので、休憩をとってくれとのことだった。パートの主婦。名前は忘れた。顎を前方につき出す星哉流の会釈をして、すれ違う。パートの主婦と宮城は親子ほども年が離れているのに仲がいい。楽しそうに小声で会話を交わしながら、稼働するメリーゴーラウンドを見守っている。

いったいなにを話しているんだろうと聞き耳を立ててみたら、どこそこのスーパーはなにが安い、みたいなことを話していた。学費を自分で捻出《ねんしゅつ》しなければならない苦学生の宮城と、亭主の稼ぎが少ないからパートを掛け持ちしなければならない主婦は、一円でも安いティッシュを買いたいという気持ちだけを原動力に自転車で蛍石市外のディスカウントストアに行くというから驚きだ。料理の話になると彼らは「時短」という言葉を頻繁に使う。「かさまし」も。

それらの料理がどんなものか知らないし、今後食べる機会もないだろう。が、それらの話を盗み聞きする星哉の脳内にはパート主婦とその家族が食卓に置いた中華鍋から彩りの悪いチャーハンのようなものを茶碗によそってわしわしと食う映像が浮かぶ。

以前そういう映画を観たことがある。フィクションでしか、貧しさを知らない。安い食材、たぶんおからかなにかで「かさまし」されたチャーハン。ささくれた畳や穴だらけの襖《ふすま》。たぶん自分が死ぬまで経験することのない、かなしい食事の風景。

今日はどこで昼食をとろうか。ほたるいしマジカルランド内にはいくつかの飲食店がある。外部委託のまあまあ本格的なレストランもあるし、ファストフード店の支店もあるし、複数のワゴンでホットドッグなどの軽食も買える。タピオカのワゴンが来た時はものすごく長い行列ができていた。

今日はタイ料理のワゴンが来ていた。ガパオライス弁当というのがおいしそうだったが、やっぱりフードコートに行こうと足を速める。琴音ちゃんがいたらそこで食べるし、いなかったら引き返して、ガパオライス弁当を買おう。

琴音ちゃん。親しげにそう呼んでいるが、もちろん話したことはない。できあがった料理を渡す際に「ありがとうございました」と笑顔で言われたことがあるだけだ。かわいいかわいい琴音ちゃん。その記憶だけを反芻し、「ありがとうございました」と笑いかけられた際に自分が「あ、ど、ども」と激しくまごついてしまったことは極力思い出さないようにする。

フードコートをのぞいたが、今日は休みのようだった。だいいち席がいっぱいで、座れそうにない。飲食店に入ることは構わないがあくまでも客優先で、混んでいる場合には遠慮せよと言われている。いちいちそれに従う必要はないのだが、上のやつらに見つかって説教を食らうのは嫌だから、そのとおりにしている。

だってめんどいやん、と心の中で呟く。めんどい。星哉が一日のうち、もっとも多く口にする言葉だった。めんどいことは悪だ。めんどいことは罪だ。自分は一生めんどいことをせずに済ませたい。

ガパオライス弁当とお茶を買い、ローズガーデンの奥のベンチに腰掛ける。ローズガーデンは意外と広く、奥まってもいて、このベンチは園内のどこからも死角になっている。時折除草作業をする造園会社のスタッフが背後の植えこみにしゃがんでいることもあるが、彼らは一様に物静かで存在感が薄く、すぐ近くにいても気にならない。だから星哉は、よくこのベンチで休憩時間を過ごす。

スマートフォンを取り出し、Twitterをチェックした。星哉自身はあまりツイートしない。そもそもフォロワー数が少ない。「Tre」という名前で登録しているが、友人にはこのアカウントは教えていない。いわゆる裏アカウントというものだが、べつに誰かの悪口などを書いているわけではないからもし誰かに見られたとしてもとくに問題はない。

「Tre」が数字の3という意味だということは「3　外国語」で検索して知った。英語でないことはたしかだが、何語だったかはもう忘れた。なんとなく英語よりかっこいいと思ってつけた。もちろん三沢の「三」だ。三沢の家に生まれたことがどれほど幸運なことか、星哉はよく知っている。

Twitterを開くのは、最近はもっぱら「桜華」というアカウントのツイートをチェックするためだった。彼女の存在は数か月前に知った。ものすごくつまらない映画を観た後、その映画に関する感想を検索していた時に見つけた。

星哉がその二時間超の映画について感じたダメな点とほぼ同じことを、星哉よりもずっとやさしさに満ちた表現で記していた。

興味を持ってツイートを遡《さかのぼ》っていくうちに関西近郊に住んでいることがわかり、自撮り画像も発見した。スタンプなどで加工されていて全貌はわからなかったが、かなりかわいいような気がする。洋菓子店の販売員であるという。フォローすると同時に件の映画についてのリプライを送ったら、丁寧な返事をくれたうえ、フォローを返してくれた。

桜華の年齢は不明だが、二十代前半であることは間違いない。仮に二十四歳とすれば二十七歳の自分とはちょうどつりあいがとれている。なんとかして親しくなりたいと星哉は思っているのだが、なかなかそのきっかけがつかめない。

ネットフリックスで映画を観る。限定パッケージのお菓子を買う。今日の空の色。投稿される桜華の日常は平凡そのものだ。男の影はない。好いている俳優およびその出演作品を語る時だけすこしテンションが上がる。映画やドラマを観ることが生きるエネルギーであるらしい。

このあいだはめずらしく怒っていた。友だちに「どれだけ件の俳優のことが好きでも、彼氏にはなってもらえないんだよ」と忠告されたのだという。そういう好きじゃない、と桜華は主張する。推《お》し、という表現を用い、自分は仮想恋愛の相手として彼らを見ているわけではないのだ、彼らの活躍をただひたすらに応援したいのだ、と力説する。

桜華の「推し」には、女優の木村幹も含まれている。幹ちゃんかわいい、幹ちゃんの演技に震えた、などとしょっちゅう騒いでいる。女が女を好きだのかわいいだのと言うことに、星哉は欺瞞《ぎまん》を感じる。それこそ恋愛対象にならない同性のことをそんなにほめそやす意味がわからない。学生時代に女子がお互いにかわいいだの親友だのと言い合ってべたべたする姿もたいへん気色悪く感じていた。女なんて腹の底ではなにを考えているかわからない生きものだ。陰では悪口大会に違いない。

お気に入りの女の子である桜華の、そこだけが気に食わない。最後の投稿は昨日の晩の「おやすみー」というものだ。朝からすでに何度も確認しているのだが、今日は忙しいのだろうか。もしや体調でも悪いのだろうか。

スマートフォンを置いて、しばらくのあいだ弁当を食べることに集中する。まだじゅうぶんに温かい。バジルの香りがふわっと鼻に抜ける。上にのった目玉焼きの白身のふちがカリカリして、黄身はとろりとしていて、どんどん食べられる。満腹になったところで、バッグから手帳を取り出した。自分のものではない、茶色い革のカバーがかかった手帳だ。月間、週間のスケジュールの頁《ページ》にはいずれもたいしたことは書かれていない。「十三時　ＴＳ社」とか「二十時　Ａ」とか、暗号みたいな記述が続く。国家機密を抱えているわけでもないくせに気取りやがってと読むたびイライラする。すこし前にアトラクション部門の事務所で見つけた。打ち合わせの後に置き忘れでもしたのだろう。

オーダーメイドかなにからしく、革のカバーに「Samon　Kunimura」と刻印が押されていたので、すぐに持ち主がわかった。

国村佐門は社長の息子で、女性スタッフに人気があって、つまりはとてもいけすかない男だ。ゆるむ唇を片手で隠しながら、星哉は手帳の頁をめくる。落としものとして届けるべきだということはわかっているが、もうしばらく預かっておきたい。他人の手書きの手帳を盗み見る機会なんてめったにない。友人の裏アカウントをこっそりのぞくよりずっと興奮する。

生きるために食べよ、食べるために生きるな。

四月の頁の余白に、そう書きこまれている。それがソクラテスの言葉であることは、検索して知った。どうせ『仕事のヒントになる偉人の名言・格言まとめ』みたいなサイトから拾ったに違いない。

こんなふうに先人に学んだりやたらと気づきを得ようとしたりするやつは嫌いだ。謎に意識が高かったり、ＳＮＳで人脈をアピールしたり、すぐ出会いに感謝したり、二言目には「成長」と言い出すやつらは全員嫌いだ。見苦しい。

息が詰まるんや。

大学を卒業後、一度だけ正社員として就職したことがある。直属の上司が、まさにそういうタイプだった。効率効率コスパコスパとうるさかった。自称読書家、しかし読んでいるのは自己啓発本ばかりで、そんなに毎日啓発されてどうすると内心バカにしていた。

「たぶんお前みたいなもん、どこ行っても使いものにならんで」

その上司から最後にぶつけられたその言葉は、今も星哉の心の壁に太字で書きこまれている。忘れようとして、なんとか忘れたつもりでいても、ふとした瞬間にまだそこに書かれていることに気づく。消しゴムをかけても、かけても、しばらくするとまたその文字が浮かび上がってくる。たぶんお前みたいなもん・どこ行っても・使いものにならんで。

そんなことより国村佐門の弱みを見つけたい。その一心で頁をめくる。べつにそれをネタにあいつを脅すとか、そんなことを考えているわけではない。さすがに俺もそこまで性格が悪いわけではないんでね、という自負がある。できる男（笑）としてこの『ほたるいしマジカルランド』に君臨する男の弱みを握る。それはきっと今後、星哉にこのうえない余裕をもたらすだろう。こちらがふところに武器を隠し持っていることを相手は知らないなんて愉快なことだ。

しかし国村佐門の個人的秘密に関わりそうなものは、今のところはその生きるため云々のメモ書きと写真一枚しか見つかっていない。これでは弱い。

写真はカバーの内側にはさんであった。観覧車の『サファイアドリーム』を背景にしてうっているふたりの子どもと女。女のほうは、社長の国村市子だ。今より若く、そして痩《や》せている。社長の隣でまっすぐに立っているのが佐門だろう。まだ就学前の年齢だと思われるが、すでに整った顔面が完成されているところが腹立たしい。

もうひとりは弟だろうか。顔は似ていないが、星哉と兄も外見が似ていないとよく言われるので、とくにおかしなことではない。

スマートフォンがピコンと鳴る。母からのメールのようだったので開かずに通知を消した。

星哉の母は父と、ずいぶん前に離婚している。父が病院の看護師とできていたことが原因だった。ひとりやふたりではなかった。

母は黙って耐えていた、ように見えた。しかし実際は着々と離婚の準備を進めていたらしい。星哉が十歳になった時、離婚した。母は息子ふたりとも連れていきたがったが、兄は自分の意思で父のもとに残ると言った。その頃には兄はすでに医師になることを志していたし、長男としてその責任を果たさなければならないとも思っていたようでお母さんとは一緒に行かれへん、と主張した。

星哉はもちろん母のことが好きだったし一緒に暮らしたかったが、母についていったら今のように好きなゲームもおもちゃも買ってもらえないからと父に説き伏せられて、家に残った。息子ふたりに拒《こば》まれて、母はたったひとりで家を出ていったのだ。

父は母と星哉たちが連絡を取り合うことを禁止しなかった。だから今も、母ともこうして自由にやりとりができる。けれども小学生の頃ならいざ知らず、星哉にとって母はもうしょっちゅう会いたいような相手ではない。正直言って、母に会っても自分にはなにもメリットがないとすら思う。

それでも数か月に一度呼び出されれば応じる。場所はたいていファミリーレストランみたいなところだ。食事をして、近況についてあれこれ問われるまま答え、店を出たら別れる。

母は自分の現状については一切愚痴をこぼさないが、経済的に苦しいことだけは見ていてなんとなくわかる。いつも同じバッグを使っているし、髪型も化粧も服装にも金がかかっていない。数年前までパートの事務員をやっていたが、その会社が倒産したので今はクリーニング店に勤めている。もちろん非正規雇用だ。メリットがないどころか、一緒にいてかなしくなる。だって父の妻だった頃の母は、もっときれいだった。傍に寄るといい匂いがした。それが今はどうだ。ただのみすぼらしいおばさんじゃないか。

浮気をしていた。それは父が悪い。でも父なりに母のことも大切にしていたはずだ。いい店に食事に連れていったり、誕生日にはネックレスや指輪をプレゼントしたりしていたことを星哉は覚えている。

「あんなもん、ぜんぜん欲しくなかった」

そう語る母は、事実出ていく際、それらのものを家に置いていった。

「ただもっと人間として尊重してほしかった。あんなふうに次から次に女の人に手を出すのは、私の気持ちなんてどうでもいいと思ってたからや」

あんたらと離れることだけつらかったけど、と母は続け、涙を拭いた。

「けどどうしても我慢できんかったからな。でもな、今は幸せやで」

嘘だ、と即座に星哉は思った。痩せ我慢をしている。一日仕事を休めば一日分の給料が減るからと体調の悪いのをがまんして出勤しなければならない生活が、幸せなはずがない。幸せなはずがない。息子ふたりと離れて暮らしているのだから。なに不自由ない暮らしを捨てたのだから。幸せだなどとは、ぜったいに言わせない。

スマートフォンがまた、ピコンと鳴る。Twitter の通知だ。「桜華さんがあなたのツイートをいいねしました」という文字を目にして、心が跳ねる。昨日観た映画の感想について、桜華が反応してくれたのだ。

すぐさま桜華のプロフィール画面に移動すると、新しい投稿が追加されていた。ほんの数分前だ。「ついた」という短い言葉とともに、ほたるいしマジカルランドの入場ゲートの画像があった。

「えっ」

思わず声を上げてしまった。桜華がいるのか？　ここに来ているのか？

もう休憩が終わる五分前だ。震える手で「デートですか？」というリプライを送る。すぐさま「ちがいますよー（笑顔の絵文字）友だちと一緒です（きらきらした絵文字）」という返信があった。

実は自分はほたるいしマジカルランドのスタッフなのだ、と伝えようか。ダイレクトメッセージで送れば他の人間には見られずに済む。迷ったあげく、送らないことにした。むこうもこちらに会いたがっているとはかぎらないし、警戒される可能性もある。今一度画像を見る。入場ゲートを背にして撮られたその画像には、桜華らしき女の耳元と、片頬のあたりと、肩のあたりがうつっている。服の色は薄いピンク。耳元には大きめの楕円《だえん》形のピアス。特徴はわかった。なんとかして、見つける。

『フローライト・スターダスト』の隣に、見慣れないワゴンがあった。ピンクとブルーの看板に派手な書体で「ギャラクシーわたあめ」と書かれている。ふたりの男が段ボールを開けたり、テーブルを設置したりといった作業をしている。ひとりは二十代ぐらいで、もうひとりは五十代ぐらい。推定五十代が推定二十代に指示を出し、二十代がてきぱき動いている。指示と言ってもそう高圧的な雰囲気はない。時折なごやかな笑い声が上がる。

「なにあれ」

　星哉の呟きに、宮城が「わたあめですよ」と反応する。そんなことは見ればわかる。だってそう書いてあるのだから。ブザーが鳴り、メリーゴーラウンドが回転をはじめる。パートの主婦が操作パネルの前で、その動きを見守っている。

「俺、どっちかっていうたらギャラクシーのほうが気になってんねんけど」

「ＬＥＤ内蔵の棒にわたあめつけて売るらしいです。棒が七色に発光するからギャラクシー」

「発光するからギャラクシーって、だいぶ無理あんで」

「明日からイルミネーションイベントで夜間営業はじまるでしょ、それに合わせて出店するらしいです。いっこ五百円」

「くわしいな」

　あの人、と宮城がわたあめのワゴンの前にいる若い男を指さす。

「友だちなんです。さっき偶然会って、教えてもらいました」

「大学の？」

「いや、なんか、友だちの友だちみたいな感じで、いつのまにか」

若い男がこっちに気づいて、手を振る。うれしそうに手を振り返している宮城の横顔をまじまじと見る。若い、と言っても宮城よりは年齢が上だろう。友だちの友だちみたいな感じでいつのまにか？　そんなことってある？

「佑くんです」

訊いてもいないのに、宮城は若い男の名を教えてくれる。どうも星哉に「佑くん」の話を聞かせたいようだった。

「どこで知り合ったん？」

「ふつうのイベントです」

「ふつうの、イベント？」

友だちが企画して、参加者がめいめい自分の知人を連れてくるようなゆるい集まりだったと説明されたが、そんなものに参加した経験のない星哉には今いち理解できない。脳裏を、ＳＮＳでたまに見かける画像がよぎる。大人数が笑顔でカメラにピースサインを向けているような画像。あれか、人脈か、と声に出したら唇が勝手に歪んだ。

「あいつとつるむとなんかええことでもあんの？」

見たところ青年実業家でも有名企業の社員でもないようだが、と訝しむ星哉に、宮城がふしぎそうな視線を向けてくる。

「佑くんはおもしろい人ですよ。ただそれだけです」

「おもしろい？　わたあめ屋やってる男が？」

「今わたあめ関係なくないですか？　まあ、佑くんはあの人に頼まれて、今回だけ手伝ってるだけですけど」

あの人、と言いながら推定五十代の男のほうを示すような仕草をする。

「佑くん、友だちに頼まれたらすぐ引き受けちゃうから」

あの推定五十代も佑という男の友人だというのか。宮城の口調に滲む憧憬《しょうけい》のようなものに気づき、星哉は鼻白《はなじら》む。

なぜみんな友だちが多いことは素晴らしいことだと勘違いしているのだろう。たくさんの人間に好かれるほどの魅力がある、と感じるのか。関わる人間が多いぶん、ひとりひとりとの関係は希薄であるに違いない。元上司も自分の友だちの多さを誇るタイプだった。

学生時代、星哉のまわりにはたくさん友人が集まっていた。でも好かれていたからではけっしてない。

メリーゴーラウンドが回転を止め、客がぱらぱらと出口へ向かう。順番を待っている客はいない。土曜日はひっきりなしに稼働することが多いのだが、今はちょうど西側のステージでヒーローショーをやっている時間帯だからか、このエリアには人が少ない。

「終わったら佑くんとケーキ食べに行くんです。三沢さんも行きましょう」

今日は宮城も星哉も十六時で上がることになっている。ギャラクシーわたあめも明日からの夜間イベントに向けての試験的な営業なので、十六時で終わりだそうだ。

行くわけないやん、と即答する。びっくりしてちょっと鼻水が出てしまった。

「なんで男とケーキ食わなあかんねん」

遊園地、カフェ、スイーツビュッフェ。いずれも男だけで行くのは恥ずかしい場所だ。女だけで行くのに抵抗のある場所というのももちろんあるのだろうが、そういった場所に女が足を踏み入れることはわりあい「行動力がある」といった方向で賞賛される傾向にあると感じる。その逆はない。なんでこんな場違いなところに男が、という目で見られて終わりだ。

「男三人でケーキなんか食ってたら陰でなに言われるかわからへんで」

「言われるって……誰にですか？」

宮城がまたきょとんとしている。

「誰にって……世間に」

世間って、と宮城が噴き出す。

「そんな細かいこと気にしてるんですか、三沢さんって」

パートの主婦が近づいてきて「おつかれさまです」と頭を下げる。星哉が休憩から戻ったので、パートの主婦は彼女本来の持ち場であるゴーカート広場に帰るのだ。

宮城は男だけでユニバーサル・スタジオ・ジャパンにもディズニーランドにもほたるいしマジカルランドにも行ったことがあるという。星哉がぜったいに無理だと感じるスイーツビュッフェにもよく行くという。恥ずかしくないのかと問うと、その問いの意味自体がわからないらしく、ぼんやりと星哉を見返してくる。

世代の違いだろうか。宮城は二十歳で、星哉とは七歳の年齢差がある。こんなにも感覚がずれるものだろうか。自分はまだまだ若者のカテゴリに入ると思っていたのだが。でもあの佑という男も、おそらく自分とそう年が変わらないはずだ。それなのに二十歳そこそこの宮城とふたりでケーキなんか食べに行くのか？

わたあめの機械を動かしている男に目をやる。ワゴンの前で、家族連れができあがりを待っていた。ＬＥＤ内蔵の棒に巻きつけられたわたあめは、たしかに七色に光っている。さぞかしインスタ映えするだろうが、明るいうちから売るようなものとは思えない。そう感じるのはしかし、星哉だけらしい。

『フローライト・スターダスト』を素通りしたカップルがギャラクシーわたあめを指さし

て、かわいいの買いたいの食べたいのと騒いでいる。

　こんなもんが欲しいんか？

　父はよく、星哉にそう質問した。家族で出かけた時、おみやげ売り場などで、なにか買ってくれとねだるたび。いや質問ではなかった。どう答えようと、かすかに笑われるだけなのだから。訊ねたあとでちゃんと買ってくれるのだが、父に笑われたあとでは、それらのものは価値が半減したように感じられた。店に並んでいた時にはとても良いものに見えたのに。あんなに欲しかったはずなのに。おもちゃのピストル、怪獣のソフビ、ポップコーンに、りんご飴。

　あらためて考えると、父は常にその調子だ。なんでも星哉の好きにさせてくれるのだが、かならずと言っていいほどケチをつけるようなことを口にして、星哉の心をくじく。

　あら、ええもん選んだねえ。

　そう言ってくれるのは、いつも母だった。星哉が欲しがったおもちゃを興味深げにしげしげと眺め、これはこんなふうにして遊べそうやね、お部屋に飾るのもええね、と楽しそうに提案してくれる。だから母になにかを買ってもらう時には、うれしさが倍になった。

　星哉はおもろいもんを見つけるのが上手なんやなあ、と感心する母の声が頭の奥で聞こえる。遠い記憶。遠い声。最後にそう言ってもらったのは、でも、いつだろう。

ギャラクシーわたあめの看板から視線をはずして、さりげなく園内を見まわす。桜華らしき女の子がいないかどうか、気になってしかたない。こっそりスマートフォンで確認すると、ジェットコースターの『ファンタスティック・スタールビーライド』の画像が投稿されていた。たのしい、と書いてある。友だちと来たと言っていた。ふたりか、三人か、もっといるのか。『ファンタスティック・スタールビーライド』はここからは遠い。『アクアマリン・スプラッシュ』に乗るために並んでいるのが、三分前の投稿だ。すこしずつこちらに近づいてきている。

これまでの投稿内容から推測するに、きっと桜華は光るわたあめ的な、映えるものが好きだ。きらきらするもの、めずらしいもの。どうか気づいてくれ。どうか見つけてくれ、こっちに来てくれ。

人が少ない、と思っていたが、団体の観光客がこちらへ向かってきた。星哉には聞き取れない外国の言語が飛び交う。客を誘導しながらも、星哉はいつ桜華が通るかと気が気ではない。

午後の遊園地にはまったく不釣り合いな男の怒鳴り声が響いた。ぎょっとして振り返ると、わたあめのワゴンと『フローライト・スターダスト』のあいだのあたりで、清掃のおばさんが男に腕をつかまれていた。木馬にまたがった客たちも、なにごとかという顔で見ている。

「約束」とか「違う」という声が断片的に聞きとれる。会うなて言うたやろ、とかなんとか、男が一方的に怒っている。

「お前はもうあいつの母親でもなんでもない。もう赤の他人や」

そこだけ、みょうにはっきりと聞こえた。宮城がボタンを押し、ブザーが鳴る。音楽が流れ出し、いつものようにメリーゴーラウンドが回転をはじめる。上下する木馬。輝く運河と、点灯する白いライト。異様な光景が繰り広げられている横で、メリーゴーラウンドは優雅にまわり続ける。

清掃のおばさんはしばらくオドオドしていたが、なにかを決心したかのように顔を上げ「誤解です！」と大きな声を出した。脇を通り過ぎようとしていた客たちも立ち止まって、ことの成り行きを見守っている。

「わたしはここで仕事してただけです、あの子が偶然遊びに来たんです。話もしてません。だ、だいいち、赤の他人のあなたに、お前呼ばわりされる覚えはありません！」

「は、はあ？」

反論されるとは思っていなかったのか、男はあきらかにまごついている。

「あの」

佑がふたりのあいだに割って入った。清掃のおばさんを庇うように前方に立つ。

「事情は知りませんけど……」

「知らんなら黙っとけや」

男がふたたびいきり立つ。もっともだ、と星哉も思ったが、佑は「誰かが怒鳴られてたら知らなくても口をはさみますよ、僕は」とおだやかな口調のまま言い返す。助けられているおばさんが、佑の顔を見て「あっ！」と叫んだ。へんな男、と続けたように聞こえたが、音楽に邪魔されて正確には聞き取れなかった。いくらなんでも聞き間違いだろう。自分を助けてくれている相手をへんな男呼ばわりするわけがない。

「三沢さん、あれやばくないですか」

隣に来ていた宮城が無線に手をかける。上の人間を呼ぶつもりのようだ。でも俺には関係ない。そうひとりごちて、星哉は『フローライト・スターダスト』に向き直ろうとし、そのままの姿勢で固まった。

いつのまにか清掃のおばさんたちを囲むように集まっていた人びとの中に、薄いピンクのハーフコートをまとった女の子が交じっていた。急いでスマートフォンを出して、画像と見比べる。でかい楕円が耳元で揺れる。間違いない、あれが桜華だ。トートバッグについているぬいぐるみにも見覚えがある。以前「友だち」がＵＦＯキャッチャーでとってくれたというコメント付きで投稿されていたペンギンのキャラクターだ。

想像していた外見と違う。ぜんぜん違う。

デートですかと訊いたら桜華は友だちと一緒だと答えた。しかしその桜華の腕は、隣に立っている男の腕に絡められている。桜華の左手で隠した口もとが、愉快そうにゆるんだ。完全に野次馬の顔だった。他人のトラブルを娯楽として消費している人間の顔だった。星哉が立っている角度からは、それがよく見える。声は聞こえないが、唇の動きで「やばない？」と楽しそうに隣の男に訊ねているのがわかった。

ついさっきまで清掃のおばさんのトラブルなど自分には関係ないことだと思っていた。

それなのになぜか、星哉の胸はひりひりと痛む。


清掃のおばさんをめぐるトラブルは、宮城の無線を受けた国村佐門が駆けつけた時にはすでに収束していた。怒鳴っていた男は野次馬に気づいてすごすごと退散し、清掃のおばさんはなにがあったのかと問う国村佐門に、存外落ちついた様子で受け答えをしていた。

「別れた夫」という声が漏れ聞こえてきたが、それ以上のことはわからない。

それよりも星哉は、佑を見るなり「お前、今日も来たんか！」と狼狽していた国村佐門のほうが気になった。佑は国村佐門とも知り合いなのだろうか。あいつが感情をあらわにするところなど、はじめて見た。次期社長候補のできる男、いつも冷静沈着な男、けれどもすこし近寄りがたいとされていた男が、急にどこにでもいる普通の男に見えてくる。

「いや、急遽《きゆうきよ》、バイトで。今日と明日だけわたあめ屋さんになる」

「昨日はそんなこと言うてへんかった」

「今朝急に決まったんや」

彼らのその後の会話は聞こえなかった。そのあとのことはあまりよく覚えていない。タイムカードを押し、着替えて外に出たら、先に着替えを済ませて帰ったはずの宮城が座っていた。隣に佑もいる。ギャラクシーわたあめの推定五十代はもう帰ったらしい。

「三沢さん、家まで送っていきますよ」

わけのわからないことを言い出す宮城の顔をまじまじと見つめる。なぜ宮城に家まで送ってもらわなければならないというのか？　この俺が？

「顔真っ白ですよ」

「唇は紫ですよ」

佑も言い添える。そういえば十六時になるまでに何度か宮城から「具合悪いんですよね？」と訊かれたような気がする。

「宮城くん、あの人病院に連れていったほうがええんちゃう？」

「病院行きましょう、三沢さん」

かりにほんとうに体調が悪いのだとしても、七歳も下で、後輩で、車を持っているというならばともかく自転車で通ってきている宮城ふぜいに、なぜ男である自分が家まで送ってもらわなければならないのか？

行かん、と吐き捨てて通り過ぎようとしたら、ふたりともあとをついてくる。

「俺なんかに親切にしても、なんのメリットもないで」

振り返って、そう言い放ち、すぐに前を向いた。桜華が思っていたような女ではなかった。ただそれだけだ。ショックなど受けていない。

「は？　メリット？　どういう意味ですか？」

宮城の声が追いかけてくるのを無視して通用口へ急いだ。

かつての友人たちは、みんな知っていた。星哉と行動をともにする「メリット」を。金がない時は三沢星哉を誘えばみんなのぶん奢《おご》ってくれるという噂が出回っていた。

「三沢くんが好きです、つきあってください」と女の子に告白されて、つきあったことがある。バッグやらアクセサリーやらをねだられ、ひととおり買ってあげたあとに「なんか違うっていうか」とふられた。

心のどこかでわかっていた。自分には人を惹きつけるようなものはなにもない。金があるとか、便利だとか、そういう理由でもなければ、自分は人から求められない。

「自分が、メリットがないと他人に親切にしない主義なんやろな」

どういう意味ですか、ねえ、としつこい宮城に、佑がそう説明しているのが聞こえる。

そのとおりだ。誰だってそうではないのか？

一緒にいるとなにか得することがある、あるいは損をする、そのように判断して、みんな関わる相手を選ぶのだ。だから会社ではみんな上司にごまをするし、その上司が嫌っているやつは排斥される。排斥していい、と判断されてしまう。

あの頃の星哉のように。

どこにも居場所がなかった。半年もあの会社に通えたのがふしぎなぐらいだ。辞めてせいせいした。

この佑だって、周囲から便利に使われているだけだ。さっき清掃のおばさんを助けようとしたのもメリットを知っていたからだ。周囲に「かっこいい」とか「良い人」と思ってもらえるという程度の、くだらないメリットではあるが。

あの場で男に絡まれていたのが堀琴音だったら、星哉だってすぐに助けた。そのメリットの大きさは計り知れない。

友だちが多いとかそんなんでえらそうにすんなや。そう怒鳴ってやろうと振り向くと、佑は星哉のすぐ後ろまで近づいてきていた。もっとずっと後方にいると思っていたため、驚いて「おぅあ」というへんな声を発してしまう。

「あのさあ」

佑が顎を上げる。星哉よりもずっと背が高い。下からのアングルだと佑はほんのすこし冷酷そうに見え、思わず身構える。

「宮城くんはただきみを心配してるだけやで」

自転車を押しながらとぼとぼと歩いている宮城を見た。なぜ乗らないのか。意味がわからない。「送る」という申し出を断られて落ちこんでいるのか。

もしかして宮城は自分のことが好きなのだろうか。ふいにその可能性が浮かび、愕然《がくぜん》とする。

「キモ」

思わずそう呟いたら、佑に胸倉をつかまれた。踵《かかと》が宙に浮く。佑の肩越しに、ぎょっとした顔の宮城が見えた。

「なんて？」

「キモい、言うてんねん。え、なに？　もしかして自分もそういう趣味なん？」

佑の目が鋭くなる。殴られる、と目を瞑《つむ》りかけたが、佑は星哉からぱっと手を離した。

「どういう趣味であろうと、他人のお前がキモいとかキモくないとか言う権利はないわ」

吐き捨てるような口調と冷たい視線で、星哉は自分が見下されていることを知る。かあっと頬が熱くなった。

「そうですよ。権利ないですよ」

追いついた宮城も佑に同意する。そして「あ、ちなみに僕、彼女いますけどね」と衝撃の発言をした。いるの？　え、そうなん？

「けどもし僕や佑くんが三沢さんのことを恋愛対象として好きやったとしても、それをいきなりキモいとか言うの、どうなんですかね。失礼でしょ？」

けど、と反論しようとしたが、できなかった。怯んだわけではない。背後から「あれ、三沢くん。宮城くんも」という声が聞こえたからだ。

インフォメーションの萩原紗英がいた。隣にはなぜか村瀬がいる。なぜこのふたりが一緒に。まさかデート中なのか？　村瀬のくせに？

萩原紗英が佑の顔を見るなり「あ、たなかじろう！」と叫んだ。たなかじろう？　誰？こいつの名前は佑ではないのか？　混乱に新たな混乱が重なり、星哉はぽかんと立ち尽くす。

「え、たなかじろう？　この人が？」

村瀬も驚いた反応を示しているが、佑のほうは「その節はどうも」などとにっこり笑っている。

「萩原さんたちは、デートですか？」

宮城が星哉がもっとも気になっていることをさらりと問う。今日、村瀬の名はシフト表になかった。宮城の質問に村瀬は顔を赤くしたが、萩原紗英は「違います」と異様にはっきりした口調で否定した。

「魔法使いのチョコレート・ケーキを食べに行くんです」

そうですよね、と萩原紗英が村瀬を振り返ると、村瀬はさらに顔を赤くした。なんだ魔法使いのチョコレート・ケーキって。どこかの店にそういう商品があるのだろうか。

「僕らも行くんですよ、ケーキ食べに」

「そうなん？　じゃあ宮城くんたちも一緒にどう？」

「え、いいんですか？」

「うん、あとから香澄たちも来るよ」

ほんとうにデートではなかったらしい。なぜか安堵している自分に気づく。

「佑くん、どうする？」

宮城が問うと、佑がなにか答える前に萩原紗英が「来てください」と言い添えた。

「そしてあなたがいったい何者なのかちゃんと教えてください」

「何者というほどの者じゃないですけどね。教えますよ」

「佑くん、なんかしたん？」

「宮城くんにもわかるように順を追って話すわ。あとでな」

星哉の前で、話がどんどん進んでいく。ついていけない。

「三沢さんはどうですか？　具合悪いの、おさまりそうですか？」

宮城が星哉を心配そうに見る。

「あ、具合悪いんですか？　だいじょうぶ？」

萩原紗英が眉をひそめる。村瀬も心配そうに星哉を見た。

「いや、べつに具合悪いとかないよ。さっきちょっと精神的にショックなことあって、そんだけ」

考える前にその言葉が口からこぼれ出た。「え、そうなんですか？」と宮城がまた顔をのぞきこんでくる。

「良かったら話聞きますよ」

「いや……話すほどのことではないから」

ほとんど思いこみに近いような好意を寄せていた相手が、会ってみたら思っていたような子ではなかった、というだけの話だ。しかも会ったというより、遠巻きに眺めただけだ、なんて言えるわけがない。それでも宮城は「話すほどのことでなくても、他人に喋ったら楽になるかもしれませんよ」としつこい。

「そうですよ、行きましょう三沢くん」

ねえ、と萩原紗英に同意を求められた村瀬は一瞬困った顔をして、それから星哉のほうを向いた。

「い、行こうよ。三沢くん」

村瀬も萩原紗英も、そして佑も、星哉の返事を待っている様子だった。

「行っても……ええけど?」

星哉が言うと、全員がほっとしたような顔をする。

なんでこんなに親切にしてくれるんだろう。歩きながら訝しむ。俺なんかに。

同じ職場の仲間だからなんてきれいごとを信じる気には到底なれない。でももしかしたら世の中にはメリットとか見返りとか、そんなことを考えずに他人と接する人間もいるのかもしれない。

いや、かもしれないではなく、いるのだ。だって見返りを求めない人間を、星哉はもうひとり知っている。

さっき清掃のおばさんを見ていて胸がひりひりしたのは、彼女が母と同じぐらいの年代に見えたからだ。勝手に母の姿を重ねてしまった。だから桜華が笑った時、母が笑われているようでいたたまれなかった。

思えば今までいつも連絡をくれるのは母のほうで、星哉から連絡をしたことは一度もなかった。仕事はうまくいっているか、体調はどうか、と母から訊かれるばかりで、こちらからは母に問わなかった。

もっと気遣ってやればよかった。「ええもん選んだなあ」と言ってやればよかった。あの時もあの時もあの時も。かつて自分に言ってくれたように、母の人生の選択を肯定してやればよかった。

自分はただの一度も、母の新たな人生を祝福してやらなかった。

今からでも遅くないだろうか。

明日、ほたるいしマジカルランドに来ないか、と誘ってみようか。自分が運転するメリーゴーラウンドに乗ってみないか、休憩時間にイルミネーションを見ないか、と。

親と一緒にそんなものを見るなんて、以前の星哉なら男同士で行動すること以上に恥ずかしいことだと思ったかもしれない。でも今は、ふしぎと悪くない思いつきに感じられる。

＊

やっぱり家はええなあ。しみじみと息を吐く母を見ている。家で会うと、やはり社長ではなく、母だと感じる。

「寒くない？　暖房入れようか？」

佐門の問いに、母が首を振る。今日の退院の予定に合わせて仕事を抜け、病院に行くと言っておいたのだが、母はそれを無視した。「ひとりでだいじょうぶや」などと言い張って、さっさと手続きを済ませ、タクシーで自宅に戻っていた。

「お茶淹《い》れようか？」

「いらん」

「お腹空いてない？」

「は？　今さっきごはん食べたとこやん」

うっとうしそうな顔をされても、どう接していいかわからないのだ。父が入院していた頃は自分もまだ小さかった。父が一時的に退院しても、完全に元気になったわけではないとなんとなく理解していて、だからその時もどうふるまっていいかわからなかったが、今は当時とは違う戸惑いがある。

「まあでも、ありがとう」

母が深々と頭を下げる。ふたたび顔を上げた時には、なぜか社長の顔になっていた。

「あんたらのおかげで、安心して休めた」

病院のベッドでも仕事をしていたくせに。

「わたしがこのまま会社から消えても、なんとかなりそう」

「そんなことありません」

つられて、佐門の口調も社員としてのそれになる。やめるのは広告に出ることだけだと思っていた。まさか会社から去るつもりなのだろうか。

「そんなことある。そうやないとあかんねん」

誰かひとりが欠けただけで仕事がまわらなくなるのは会社として健全ではない、と以前から言っていた。仕事を休まなければならなくなる可能性は、誰にだってある。育児に介護、その他家庭の事情。自身の病気や怪我。代わりがいくらでもいる、ということに逆に安心できる会社にしたい、と。

「言うとくけど、わたしはまだまだ辞めへんよ」

やりたいことだってあるしね、と肩をすくめた社長の目が悪戯《いたずら》好きの子どものように輝く。

思い出した。代わりがいくらでもいる、には続きがあった。全員が「自分にはちゃんと戻ってくる場所がある」って安心して休める、そういう職場をつくりたい、という続きが。木村幹の事務所から正式な返事が来たと、今日担当者から聞かされたばかりだ。来春から『ほたるいしマジカルランド』の広告は木村幹が担うことになる。

「あんたも、辞めたかったらいつでも辞めたらいいから」

あのメール、と社長が言いにくそうに口を開くのを、手で制した。メールの送り主が自分だと気づいているに違いない。そのことを今、話し合う気はない。

母親としても社長としても、国村市子は愚痴をこぼしたことがない。弱音を吐いたこともない。

この人は、自分とは違う。あらためて強くそう感じる。佐門は弱音を吐きながら、それでもやっぱりこの仕事が好きだからもうすこしがんばろうと自分を励ましながら、行きつ戻りつしながらでないと、前に進めない。

でも今は「それでいい」と思える。

「もう、だいじょうぶです。だいじょうぶなので」

社長はすこし考えるような表情をしたのち「ま、とにかく、明日やね」と話題を変えてくれた。

「イルミネーション、営業チームのみんなで見てまわろうか」

「そう……いや、やめときます。一緒に見たい人がいるので」

というか、明日、紹介します。恥ずかしかったが、ちゃんとまっすぐに顔を見て言えた。

あらま、と目を丸く見開いて「彼女か？」と訊ねる顔が、いきなり社長から母親のそれに変わる。

日曜日

SUNDAY

All Workers

すべての働くひと

国村佐門

事務所のドアが開くなり朝礼のために集まっていたスタッフの数名が驚いたような声を上げる。社長はドアの隙間からぴょこんと顔を出し、いたずらが見つかった子どものようなにやにや笑いを浮かべて、事務所に入ってきた。

「社長、もういいんですか？」

「うん、だいじょうぶ」

いや、だいじょうぶではない。社員に囲まれる社長をすこし離れた場所で眺めながら、佐門はこっそりため息をつく。ほんとうは自宅で安静にしておかなければならないのだ。

仕事への復帰は再来週からと決まっているのだが、社長は今日の朝礼と夕方のイルミネーション点灯に顔を出すと言って聞かなかった。だからしぶしぶ連れてきた。朝礼が終わったらすぐに家に帰らせる。

いつもと同じフリルのついたワンピースと、大きなつばのある帽子。いつの頃からか、いや社長に就任した頃から、毎日同じようなかっこうをするようになった。自分を記号化することで周囲に印象付けようとしたのかもしれない。

朝礼はいつも営業チームは営業チームで、インフォメーションはインフォメーションのスタッフでかたまって立つことが多いが、今日は社長にみんなが群がっていったせいか、立ち位置が微妙に乱れている。隣を見ると、萩原紗英がいた。

「みなさん、ご迷惑をおかけしました」

朝礼は社長の挨拶からはじまった。主任が「今日は社長が『好きなもの』の話をしてくださいよ」と声をかける。ええよ。社長はゆったりと頷く。好きなものや楽しいことについて話す時はみんな自然といい顔ができるから、朝からいい顔で仕事しましょう、と社長が提案したスピーチ。

「わたし、この好きなものについてのスピーチ、ずっと苦手だったんです」

萩原紗英が小声で打ち明ける。

「そうなんですか？」

「そんなにたくさん好きなものなんかないよって思ってました」

たしかに、と苦笑するしかなかった。萩原紗英の言いたいことはとてもよくわかる。

「でも昨日気づいたんです。かならずしもたくさんある必要はないんだって。何回でも同じ話したっていいんですよね。だって、好きって特別な感情でしょ？」

「昨日？」

「はい。昨日」

昨日の彼女になにがあったのだろう。もしかしたらそれは劇的な事件ではなく、一緒にいた人間も気づかないぐらいの、ほんのささいな出来事がきっかけだったのかもしれない。たいていの人生は、ドラマチックではない。でも小さく変化する瞬間はきっといくつもあるのだ。電車を乗り過ごすとか、顔を上げたら虹が出ていたとか、あるいは恋人が絵本専門士になりたがっていることを知るとか。そんなちょっとしたことをきっかけに、自分の中のなにかが変化する。きっかけに気づかずに通り過ぎることもまた、多いのだろうけど。

「わたしは天然石が好きです」

知ってまーす、と誰かが声を上げ、ひかえめな笑い声が上がる。社長が両手の甲を顔の横に掲げると、十本の指すべてに指輪が嵌《はま》っていた。

「きれいだから、というのもあるけど、いちばんの理由はね、ひとつひとつ違うから。同じ石でもね、ぜんぶ違うの。模様も色合いも、ぜんぶ違う。石っておもしろいの」

あなたたちもおもしろいよね、と続けて、全員の顔を見る。

「みんな違っておもしろい。得意なことも苦手なことも、ちょっとずつ違う。注意して見ないとわからないぐらいの違いもあるけど、違いは違いでしょ。抱えてる事情も違う。いいところをちょっとずつ持ち寄って、苦手なことはカバーし合って、そうやってもっといい職場にしていきたいと思ってる」

　誰かがいなくなっても問題なく仕事がまわるのが会社。その社長の言葉に何度となくうっすらとした反発を覚えてきたのは、自分にしかできない仕事をしたい、という願望があるからだ。代替のきかない人間になりたい、という。

　これが自分なんだ、という気持ちがある。これでいい。みんなが国村市子である必要はない。

　朝礼を終えて、佐門は社長を連れて、駐車場に向かう。続々と出勤してくるアトラクション部門のスタッフとすれ違う。『ほたるいし園芸』のつなぎを着た人がいると思ったら、やっぱり山田さんだった。社長を見て「おお」という顔をしたのち、無言で会釈する。

「よかったですよ、朝礼の挨拶」

　後部座席の社長に話しかけてから車を発進させた。社長は「ふん」と鼻を鳴らし「あたりまえやん」と顔を車窓に向ける。

「ほんまに思ったことしか、わたしは話さへんから」

「ほんまに思ったことだけ話すといい挨拶ができるんですか？」

「そうや。上っ面はすぐに見破られる」

サイドミラーにうつる『サファイアドリーム』がどんどん小さくなって、しまいには見えなくなる。サファイアドリーム。美しき夢。ひとときの夢を見るため、人びとは遊園地にやってくる。

「なあ、佐門」

「なんですか」

「遊園地ってなんのためにあるんやと思う？」

なんのため、と言われたら、返事に窮《きゆう》する。なくても死なないという意味では、不要なものと言える。

「生活を彩るため、でしょうか」

視線の先で信号が黄色から赤に変わって、スピードをゆるめる。佐門の答えはたいして彼女の感興をもよおすものではなかったようで、社長は「フーン」とぼんやり呟いただけだった。

「正解を教えてください」

「正解はありません。手帳に書いときや。正解などありません、て」

「なんですか、それ」

呆れながら、助手席に置いた手帳を見やる。なくしたはずの手帳が、今日出勤したら、机の上に置いてあった。誰かが拾って届けてくれたらしいが、それが誰なのかはわからない。

山田勝頼

出勤するなり「今日で最後ですね」と声をかけられた。藤尾だった。『ほたるいし園芸』は数年前から禁煙になり、煙草を吸う時は事務所の玄関前の喫煙スペースを利用しなければならない。藤尾は引っくり返したビールケースを椅子にして、煙草を吸っている。

「ああ、そうやな」

「さびしいなあ」

藤尾は携帯灰皿で煙草をもみ消して、天を仰ぐ。

連れ立って『ほたるいしマジカルランド』に向かいながら、しかしほんとうに藤尾をさびしくさせているのは、自分ではなく佐竹の退職の件なのだろうなと思った。

通用口の近くで佐門たちとすれ違った。無言で会釈を交わす。国村市子が思ったより元気そうに見えて、ほっとした。

　佐竹は結局、例の恋人についていく決心をしたようだった。今日は休みだからいない。そのことが残念でならない。『ほたるいし園芸』には来月の給与締め日まで勤めてすぐに奈良に引っ越すというから、もう顔を合わせることもないだろう。

「仲良かったからな、藤尾と佐竹は。さびしいやろ」

「違いますよ、あいつが辞めたらまた俺がいちばん下っ端になるから嫌なだけですよ」

　藤尾は首を横に振って、フンフン、と勢いよく鼻を鳴らしている。

　他人は自分の人生ドラマに現れたり消えたりする登場人物のようなもので、だから当然入れ替わりがある。端役《はやく》だと思っていた相手が急に重要な役をつとめたり、準主役だと思っていた相手が急に消えたりもする。生きていたらそういうことの繰り返しだ。

「明日から、どうするんですか。奥さんと旅行とかするんですか？」

　藤尾の問いに、苦笑しながら首を振る。

「あいつには自分自身の世界があるからな。今はフェイス？　とかいうアイドルのファンでな、よう光る棒持って家で踊っとるわ」

　今後のことは、具体的にはなにも決めていない。ただよく聞くような、定年退職後に妻から疎ましがられるような夫にはなりたくないな、と漠然と思ってはいるが。

「光る棒……サイリウムですか。さびしいですね、奥さんが若い男に夢中やなんて」

「べつに。楽しそうでなによりや」

いつものように草をとり、薔薇を剪定《せんてい》する。今日は十七時までだ。イルミネーションの点灯開始と同時刻に、山田は数十年に及ぶ職業人生を終える。

食べる、寝る、働く、その繰り返しだった。

「やりがい」だとか「自分に向いている職業かどうか」とか、そんなことは考えてみたこともなかった。

すべての生きる者は働く。働かねばならない。ただ、「働く」とは金銭を稼ぐことに限定しない。照代のように主として家事をおこなう者も「働く」者に該当する。

生きていること。生を全うすること。山田はそれこそが、すべての人のもっとも重要な仕事だと思っている。それができていれば上等なのだと。

だからこれが終わりではない。自分もまた、会社を辞めても働き続けることに変わりない。

すこしずつ陽が傾いて、西の空が橙《だいだい》に染まっていく。メリーゴーラウンドの隣に今日もびかびか光る棒を使った「ギャラクシーわたあめ」という屋台が出ている。七色に光る雲のようなわたあめを持った子どもたちがローズガーデンの前を行き過ぎた。

「山田さん、あと一分で十七時です」

植えこみから藤尾が立ち上がった。すでにローズガーデンは闇にのまれており、アイスバーグの白い花弁がぼんやりと浮かんで見える。

十七時になると同時に、ローズガーデン内のガゼボに巻きつけられた電飾が点灯した。光り輝く鳥かごだ。メリーゴーラウンドの屋根からまばゆいオレンジ色の光が放たれ、木馬を、そこに乗る人びとを、あたたかく照らす。

お父さん。雑踏《ざっとう》の中から、山田の耳がその声を拾った。驚いて顔を左右に向ける。今のはたしかに、照代の声だった。しかし姿は見えない。

「照代」

とつぜん妻の名を叫んだ山田を、藤尾がぎょっとした様子で振り返る。

「どうしたんですか山田さん」

「照代？」

「お父さーん」

気のせいではない。今度はよりはっきりと聞こえた。

照代がここに来ているのか。どこにいる？　よろよろとローズガーデンを出た山田の目が、妻の姿をとらえる。

照代はメリーゴーラウンドの馬車から上体を乗り出すようにして、こちらに手を振っていた。駆け寄ろうとして足がもつれる。メリーゴーラウンドに辿りつく頃には、照代を乗せた馬車は反対側に進んでいた。追いかけようとして、あとを追いかけてきた藤尾に「待っていればまたこちらにまわってきますよ！」と教えられる。

「お父さーん！」

照代は例の光る棒、サイリウムをぶんぶん振っていた。

「長いあいだ、お勤め、ごくろうさまでーす！」

照代の明るい声に、行列をつくっていた何人かが「なにあのおばさん」と笑い出した。

「山田さん、だいじょうぶですか」

ぼうぜんと立ち尽くす山田に、心配そうな表情の藤尾が声をかけてくる。「だいじょうぶや」と答えようとしたが、声が出ない。ほんとうはすこしもだいじょうぶではなかった。照れくささと決まり悪さで喉が狭まって息が苦しい。

音楽が止まり、木馬を降りた照代が悠然と歩いてきた。

「びっくりしたやろ」

サイリウムを握った手を腰に当て、得意げに山田を見上げる。

「……お前、お前、なにしてんねん」

「わたし、お父さんのファンなんやもん。知らんかった？」

「はあ？」

フェイスのなんとかくんやなんとかくんより、やっぱお父さんがいちばん好きやわ、ときっぱり言う。なぜか藤尾が照れたようにそっぽを向いた。

「引退ライブ、見に来た。長いあいだ、お勤めごくろうさまでした」

「なにが引退ライブや、アホか」

アホか、ともう一度呟いたら、涙が滲んだ。なんの涙なのか、自分でもよくわからなかった。首元のタオルで目元を擦ったら、また新たな涙が滲んだ。

篠塚八重子

若い男女が、ジェットコースターを指さしながら八重子の目の前を通り過ぎていった。『ファンタスティック・スタールビーライド』という名にちなんで、赤い電飾をほどこした車体が腹の底に響くような唸《うな》り声を上げて走行する。

「夜に乗るジェットコースター、迫力ありそう」

「ほんまやな」

楽しげな声があちこちで聞こえる。

家族連れとすれ違った。ベビーカーの中の子どもは毛糸の帽子を被せられ、毛布に包まれている。そう、ここは山が近いから、夜はとても冷えこむ。スチール製のダストボックスに手をかけるたびに指が冷えていく。

ほんの数秒両手を擦り合わせて、また歩き出す。ダストボックスからゴミを回収してまわりつつ地面に落ちたゴミを拾う。

中央の広場にはたくさんのランタンが設置されている。らせんを描いて空にのぼっていくように設置されたランタンから漏れる無数の光に、一瞬仕事を忘れ、ぽかんと見上げた。

広場に集まった人びと。頬を寄せ合って写真を撮る女の子のふたり連れや、寒そうに首をすくめて紙コップのコーヒーをすする男性や、ぴったりと身を寄せ合う男女。

ここにいる人たちみんな、と仕事の手は休めずに考えた。

ここにいる人たちみんなが会社に行ったり学校で勉強したり、あるいは家でカレーの隠し味にこだわったり、ゴミの分別をしたりするところを想像してみる。ここにいる人たちみんなに似たような、けれども同じではない日常と生活があること、そしてその積み重ねとしての人生を、八重子はランタンが放つ無数の小さな光に重ねて見る。

お母さん。ママ。パパ。お父さん。何々ちゃん。誰それくん。周囲にあふれる会話の断片から、八重子の耳は誰かが誰かの名を呼ぶ声のみを拾い上げ続けた。

たとえ二度と本人に向かって呼びかけることができないとしても、自分は大翔の名を覚えている。大翔が「ママ」と呼ぶ、その声を覚えてもいる。

ずっと忘れないでいよう。死ぬまでずっと。

むこうからやってきたひときわにぎやかな若者のグループに気づいた時、八重子は小さく叫びそうになる。急に伸びた手足を持て余すように歩いてくるあの子は、大翔だ。

大翔は女の子に手を引っ張られるようにして歩いている。やっぱりつきあっているのだろうか。あの大きな声で屈託なく笑う女の子と。

数日前にもここに来ていた。彼女はよほどほたるいしマジカルランドが好きなのだろう。いやそれともほかの友だちの誰かがこの遊園地のファンなのかもしれない。どっちでもいい。なんでもいい。大翔が毎日を楽しく過ごしているのなら、なんだってかまわない。

乳白色のランタンに囲まれた通路ですれ違う際、八重子は帽子を深く被り直して下を向く。あまり見ていると、またあの女の子に勘付かれてしまうかもしれない。

後ろ姿を見送るぐらいは、許されるだろうか。それぐらいならば。

近づいたりしないから。

遠くからでいいから。大翔。あなたの幸せを祈らせてほしい。だってそれぐらいしかできないから。

ゆっくりと振り返ってみたが、後ろ姿を見送ることはできなかった。大翔はこっちを向いて立っていて、八重子が振り返ったことに驚いたように、小さく口を開けた。

数歩先で、ほかの仲間がふしぎそうに「どうしたん？」と声をかけている。八重子と大翔の立っている位置は二メートル近く離れているから、人が通り過ぎるたび大翔の姿が見えなくなる。

時間にすればほんの十数秒の出来事だったと思う。人の往来が途切れた瞬間に、大翔の両手が持ち上がった。両手の人さし指と親指どうしがくっついて、三角形になる。

泣きそうになったら、こっちを見るんやで。

おにぎりのサイン。十数年前に、大翔にそう言い聞かせた自分の声が、耳の奥でこだましている。

唇をまっすぐに引き結んだ大翔が、くるりと八重子に背を向ける。急ぎ足で仲間のところに駆け寄っていく。後ろ姿が遠くなり、ランタンの光の中に姿が消えても、八重子はしばらくそこに立ったまま、動けなかった。

その場にじっと立ち尽くす清掃スタッフをみんな気にもとめない。遊園地を訪れる多くの人にとって、そこで働く人間は風景の一部にしか見えないのかもしれない。

でもそういう自分にも彼らと似た、けれども同じではない日常と生活があり、その積み重ねてきた人生があることを、すくなくとも自分だけは、ちゃんと知っている。

三沢星哉

『フローライト・スターダスト』の前には長蛇の列ができている。星哉も宮城も休む暇なくメリーゴーラウンドを動かし、客を誘導する。

たまに理不尽なクレームをつけられたりすることもあるけれども、遊園地にいる人は基本的に笑顔というか、木馬に乗って怒り出す人はいない。

どうしてもここで働きたかったわけではないし、不満はいろいろある。でも、楽しそうな人が多い場所で働くのは、悪くないことだ。

今朝、国村佐門の机に手帳を置いてきた。あの男の秘密、あるいは弱み、そういったものは一切見つけられなかった。けれども今は、そのことにむしろ安心する。結局のところ国村佐門はただの男だったということだ。自分と同じような、けれども自分よりはずっと努力している、ただの男。

　列の何番目かにかわいい子がいると思ったら、やっぱり堀琴音だった。男連れだったら嫌だな、とおそるおそる隣を見たが、隣にいるのは同年齢ぐらいの女子だ。さりげなく近い位置を選んで立ち、彼女たちの会話に耳をそばだてた。

「めいちゃん、つけてきた？」

「うん」

　ふたりはコートの袖をまくって、手首を見せ合っている。同じようなピンクの玉をつなげたブレスレット。女はすぐに持ち物をおそろいにしたがる。

「琴音ちゃん、ごめんな」

「もうええって、それは」

「誤解してた。琴音ちゃんは友だちやもん、わたしのこと裏切ったりせえへんよな」

　べったりとまとわりつくようなその声に、星哉は鼻白む。女の友情なんてものが存在するとはどうしても思えない。

「それは違う」

　その場を離れようとした時、堀琴音がきっぱりと言った。驚いて振り返った。

「わたしそもそも、めいちゃんの彼氏に興味ない。友だちやから裏切らへんとかと違う。

わたしは友だちが相手やなくても、不誠実なことはしない。したくない。そこ誤解してもらったら困る」

「それって、どういう意味？　わたしとはもう友だちやないってこと？」

「めいちゃん」が唇を尖らせると、堀琴音はぶんぶんと首を振る。そんな仕草ですら可憐であるとは、もはや奇跡である。

「違うよ。でも『友だち』って言葉を、他人を縛るために使ったらあかんと思う」

なおも不満そうに「でも」とか「なにそれ」とぶつくさ言う「めいちゃん」の声を遮るように、堀琴音が「それに」と続けた。

「わたし今、好きな人おるから」

「えっ、嘘、だれだれ？」

堀琴音が「めいちゃん」の耳元に手を添えると「めいちゃん」は両手で自分の口もとを覆って、目をきらきらさせはじめた。

さっきまであれほど不満そうだったのに。もっとも「めいちゃん」にとっては、友だちとはうんぬんと長々説明されるより、ずっと受け入れやすかったのだろう。

「好きな人がいるからあなたの彼氏には興味ない」なら、シンプルだし、理解しやすいし、難しいことを考えずに済む。

堀琴音が前方を指さし、「めいちゃん」の視線がそれを辿る。星哉もまたそれに倣《なら》う。

堀琴音の指は、操作パネルの前で待機している宮城のほうに向いていた。

「あの人？」と小声で訊かれて、堀琴音は恥ずかしそうに首を縦に振る。

「内緒やで」

「うん、わかった。応援する」

「ありがと、めいちゃん」

うそやん。うそやん。宮城やで。うそやん。ふたりの傍から離れて、星哉はふらふらと歩き出した。衝撃のあまり、なんだか頭がぼうっとしてくる。

音楽が止まり、木馬を降りた女性客が後方をちらちらと見ながら「なあ、あれ木村幹ちゃう？」と囁き合っている。木村幹ってあの木村幹か。こんなところにいるわけないだろうと呆れながらも、星哉は出口へと客を誘導する業務に専念しようとつとめた。

萩原紗英

イルミネーションイベントは、初日から動員数も上々のようだ。インフォメーションに立つ紗英は、ガラスにうつる自分の背筋が伸びていることを確認する。わたしの仕事、と心の中で呟く。これがわたしの仕事。

ドアが開いて、帽子を目深《まぶか》に被った女の人が入ってきた。

「あの、すみません」

地味な服装の女性だった。髪をひとつにまとめて、化粧っ気もない。

これって変装のつもりなんかな、と紗英は小さく口を開けたまま、相手を見つめる。変装しても、声は変えられないのだ。だから紗英にはすぐにわかってしまった。この人、木村幹だ。

はじめて有名人を間近で見た驚きと、それをあらわにしてはならないという葛藤《かっとう》とで頬はぴくぴくと引きつる。

「ノートの落としものが届いてませんか」

彼女が挙げる「黄色い表紙で、Ａ５サイズで」という特徴に該当する落としものを、紗英はしっかりと覚えていた。月曜日に佐門が届けに来たものだ。

「こちらでしょうか」

手が震えそうになって困った。保管ボックスから「Wish list」と書かれたノートを取り出して見せると、木村幹は「ああ、そうです、これ」と歯を見せて笑う。ただそれだけなのに、その場の空気がふわりと変化した。

　これは木村幹のものだったのか。ここで落としたということは、月曜日以前にもここに来ていたのか。毎日のようにチェックしている木村幹のインスタグラムには、ほたるいしマジカルランドに来た旨の投稿はなかった。お忍びだったのだろうか？

「よかった。ありがとうございます」

　紗英が差し出した書類に、木村幹はためらいなく自分の名を記す。木村幹、に続いて電話番号や住所の欄まで埋めているが、問題ないのだろうか？

「じゃあ」

　ノートを抱えて出ていこうとする木村幹を、紗英は思わず「待ってください」と呼び止める。振り返った木村幹はきょとんとして首を傾げている。

　圧倒されるような演技力と存在感の持ち主。この人は、もとから、なにもかもが、自分とは違っているはずだ。

　こんな人に、いったいなにを訊ねようというのか？　ためらいながらも、紗英は勇気を振り絞る。

「『フローライト・スターダスト』の一角獣のこと、聞いたことありますか？」

　あのメリーゴーラウンドに一頭しかいない一角獣。乗ると願いが叶うんだって、と教室で囁き合った。この人にもそんな経験があるのだろうか。

木村幹は「ああ」と頷く。

「知ってます。乗ったこともあります」

そうなんですか、と答えながら、ひそかに落胆している自分に気がついた。心のどこかで違う返事を期待していたのかもしれない。いいえ、願いはそんなものに頼らずに自分で叶えるものだと思うので。それぐらいの力強い言葉を、木村幹ならば言ってくれるのではないかと。そんなふうに言ってもらえたらきっとやっぱりこの人はわたしとは違うんだとあきらめがつく。

「でも」

木村幹はまっすぐに紗英を見つめて、静かに続ける。

「でも、その願いは、叶いませんでした」

じゃあ、と頭を下げて、インフォメーションを出ていく後ろ姿を見送った。

叶わない願い、というものが木村幹にでもあるのだと知る。誰もが憧れ、見上げる、星のような彼女にすらも。

村瀬草

十七時をもって『パールのドールハウス』の営業は終了する。イルミネーションイベントに合わせて運行するのはジェットコースターや観覧車など、一部のアトラクションだけだ。タイムカードを押したら、メリーゴーラウンドを見に行くことに決めている。

村瀬は『パールのドールハウス』の入り口に立って、行き交う人びとを眺めている。

昨日、萩原紗英とふたりで約束どおりチョコレートケーキを食べに行ったのだが、途中でよりによって三沢たちに出くわした。なんだよ、とがっかりしたものの、三沢は思っていたよりもずっと話しやすい人物であることがわかった。

といってももちろん友だちになりたいと思うほどではなかったが、ケーキを食べながら三沢が漏らした「うらやましい」という言葉は、まだ村瀬の中に大きな存在感を持って留まっている。

三沢は、自分にはものすごく好きなものとか、影響を受けたという経験がないのだ、と話していた。

だからそれを持っている村瀬が、ちょっとだけうらやましいような気がすると、恥ずかしそうに話していた。例によって半笑いだったが、嫌な感じはしなかった。以前なら「人を小馬鹿にしたような」と感じたであろうその笑いは、決まり悪さや恥ずかしさをごまかすポーズなのかもしれないと思うようになった。

明日からは『オパールのマジカル鉱山』の担当になる。おそらくそのあとまた、別のアトラクションに移る。ゆくゆくはアトラクション部門全体を任せたい、村瀬さんにはそれだけの資質がある、と佐門に言われて、たいそうなことを言うんだなと思いつつもしかし、悪い気はしなかった。

　メリーゴーラウンドへの憧れはどうしたって捨てられない。憧れは重要だ。それが自分を、今日まで生かしてきた、そう思っている。けれどもこれからは自分の目の前にあることをひとつひとつやっていく。

　十六時半過ぎにやってきた高校生ぐらいの男女のグループが最後の客になりそうだった。男のひとりが、と思い出して、いや男と呼ぶにはおさなかった、と思い直す。でも男の子とか、少年とか言うのも、そぐわない。外見と表情と動作と雰囲気がぜんぶ微妙にちぐはぐでぎこちない。それが若さだ。

　とにかくそのひとりが人形を見てキモイキモイと大騒ぎし、もうひとりの「ヒロト」と呼ばれていた男と声のでかい女がそれをたしなめていた。あれが最後の客だなんて、なんだかむなしい。

十七時になり、照明を落とそうとしていると佑がやってきた。女と一緒だった。今度は正真正銘「女」と呼ぶべき年齢とおぼしき女だった。帽子を目深に被っているので、顔立ちはよくわからない。

「あ、もう終わった？」

ライターという謎の詐称をして自分に会いに来た理由は、昨日本人から聞いた。園内のスタッフの様子を見てまわり、社長に報告していたという。スパイ。覆面調査員。そんな言葉が浮かんだが、佑があまりにもあっけらかんと話すので、聞いているうちにだんだん愉快になった。萩原紗英もきっと同じ気持ちだったのだろう。社長ってへんな人ですよね、とくすくす笑っていた。

社長はへんだ。村瀬も同意する。そしてそのへんな人のもとで働くのは、すくなくとも村瀬にとっては、悪くないことだ。

「ええよ、入って見ていって。貸し切りやから」

佑たちに最後の客になってもらおう。佑と女が顔を見合わせる。

「入って」

ロハでひとまわりだ。心の中でそう続ける。佑と女が客席に座る。

「あれってパールちゃんだよね」

女が幕の上にとりつけられたパールちゃんの人形を指さす。あの人形に言及する客を見たのははじめてかもしれない。ステージ上の人形よりひとまわり大きいパールちゃんは、魔法の杖を掲げている。魔法の金粉を振りかけられた人形たちが踊り出す、という設定の『パールのドールハウス』。時代遅れのアトラクション。でも村瀬はここが、嫌いではなかった。

女はおそらく、大阪の人間ではないのだろう。言葉づかいが違う。でも女が「ここ、佑くんたちと一緒に入ったことあるよね、高校生の頃」と言い出したので、よくわからなくなった。

村瀬がボタンを押すと、音楽が流れ出す。深紅のビロードの幕が開く。

佑が首を傾げている。「一緒に入った」「高校生の頃」のことを、佑のほうは覚えていないようだ。女の横顔が、がっかりしたように伏せられる。

キイキイと音を立てて踊り続ける人形たち。手をぎこちなく上げたり下げたり回転するだけの単純な動作。

「パールちゃんとオパールくんは相棒なんだよね」

滑舌《かつぜつ》がいいのか、それとも声質の問題なのか、女の声だけははっきりと操作パネルの前にいる村瀬のところまで聞こえてくる。それに答える佑の声はまったく聞こえないのに。

「そうだよ。佑くん、知らなかったの？　パールちゃんはオパールくんと同じ魔法使いの弟子で、あくまで対等で、でも特別な関係なの。ガールフレンドとかそういう添えものみたいな設定じゃないところが、なんかいいでしょう？」

音楽が止まる。ステージのほうを向いたまま、女がまた口を開いた。

「パールちゃんとオパールくんみたいになりたかったんだ、わたし。あの頃、佑くんと」

それにたいする佑の返事は、やっぱり聞こえなかった。

国村市子

ベンチに座って『サファイアドリーム』を見上げる。毛糸の帽子にマスクにマフラーに、コートの上にブランケットが二枚。佑や佐門が入れかわり立ちかわりやってきて、これらのものを「病み上がりなんやから」「風邪引いたらあかんから」と市子の身体に装着していった。露出している部分は目だけだ。

脇を通り過ぎた家族連れのベビーカーをのぞきこんで、淳朗《あつろう》さんが「あんた、あの赤ん坊と同じぐらいモコモコやないか」とにやにやしている。

「うるさいな」

「過保護やな、うちの孫とあんたの息子は」

淳朗さんとも長いつきあいになる。

佑の祖父である淳朗さんは、死んだ夫と同じ病室に入院していた。最初は挨拶を交わす程度だった。

ある時から、息子と同じぐらいの年頃の男の子を見かけるようになった。家族の誰かが孫を連れてきているのだろうと思ったが、その「家族の誰か」の姿は一度も見なかった。

佑は淳朗さんの息子、本人曰く「不肖の息子」とその妻の子どもだった。

二歳の時に母親が家を出ていき、しばらく父親とふたりで暮らしていたのだが、四歳の時に「育てられない」と淳朗さんに預けられて、以来両親ともに音信不通だと聞かされた。

淳朗さんが入院することになり、家にひとりで置いておけないので今は近所の人に交替で面倒を見てもらっていると聞いて、ほうっておけなくなった。

正直言って、その頃の市子には他人にかまっている余裕などなかった。経済的にも、精神的にも。

夫はすでに余命宣告を受けていた。まだ佐門は小さく、これからどうやって生きていけばいいのかすら見当がつかなかった。それでも、佑を無視できなかった。

あの頃の佑は、いつも病棟のロビーでひとりで遊んでいた。その年頃の子が好むようなおもちゃはなにひとつ持っていなかった。道端や病院の中庭で拾い集めたという石を長椅子の上に並べたり、箱や袋に入れてみたりして。

「なんでそんなに石が好きなん？」

一度、そう話しかけたことがある。おさない相手を「とつぜん話しかけたらびっくりさせるかも」と気遣う余裕は、その日の市子にはなかった。

はじめて夫に手を上げられた。そういう日だった。理由をもう覚えていないぐらい、ささいなきっかけだった。投薬と手術を繰り返して疲弊《ひへい》しきっている夫には、家族を気遣う余裕などとうになくなっていて、ほんとうにちょっとしたことですぐに怒った。

水差しやティッシュの箱を投げつけられたことも一度や二度ではなかった。けれども平手で打たれたことは、その日までは一度もなかった。夫が振り上げた手には、もう元気だった頃の力強さはとうに失われていて、市子に肉体的な痛みを与えなかった。けれども心のほうは別だった。

佑はその時、入院病棟のロビーの長椅子に石を丸く並べて眺めていた。

「ぜんぶ違うから」

小さな手が灰色の石をつまみ上げる。窓のほうを向き、目の高さに持ち上げる。

「こうやるとな、きらきらってなんねんで」

その灰色の石を、佑は市子の膝にのせた。ところどころピンク色が交じってはいるが、どこにでもあるような、ただの石。

「これ、あげる」

「……くれるの？　おばちゃんに？」

「うん」

その日から、灰色の石はいつも市子の手元にある。今もポケットの中に。あれからたくさんの石を、時には希少とされる宝石を手に入れた。けれども、この灰色の石に勝る美しい石には出合っていない。

『サファイアドリーム』の電飾が青から紫に、それからピンクに変化した。観覧車は高台にあって、首をひねると下方の広場が見渡せる。

「淳朗さんは、子どもの頃になりたかったものってある？」

傍らで白い息を吐いていた淳朗さんは、そうやなあ、と呟く。

「船乗りか冒険家か、そんなんやなあ」

「勇ましいねえ。わたしはね、魔女になりたかった」

『ヘンゼルとグレーテル』を読んだのは子どもの頃で、子どもならばヘンゼルかグレーテルに自分を重ねそうなものなのに、市子はなぜか魔女のほうが気になった。深い森の奥にお菓子の家を用意して、子どもたちがそこに迷いこむまでひとりで暮らしていた魔女の孤独について、長い時間をかけて考えた。

「わたしがもし魔女ならこの子どもたちを食べたりしないのに」とも思った。家を追い出されたふたりの子どもをかわいがって、大事にして、三人でいつまでもおもしろおかしく暮らしたい。お腹が空いたらお菓子の家を食べたらいい。

その話を聞いた淳朗さんは「お菓子は主食にはならへんで」と的外れな感想を漏らす。

「そういうことやないのよッ」

思わずばしっと肩を叩いてしまった。

「痛いなあ、年寄りはもっといたわらなあかんで」

淳朗さんだけでなく、多くの人が言う。お菓子だけ食べて生きていくことはできないと。でもお菓子が好きな人は、お菓子とともに生きていきたいのだ。お菓子のことを考えて生きていきたい。本や映画や音楽や、そういったものも、きっとそうだ。

遊園地ってなんのためにあるんやと思う？　今朝、佐門にそう訊ねた。でも答えは、どうでもよかった。「なんのために」なんて、くだらない。

ともに生きていくものに、重要な意味なんかなくていい。価値なんかなくていい。

食べて寝て働いて。ただそれだけ繰り返して死んでいくなんてあんまりだから。

なんのためにもならないものが、ごくあたりまえに存在する。存在することを許されている。それこそが豊かさだ。市子はそんなふうに思う。

「魔女か」

「魔女よ」

佐門が坂をのぼってくるのが見えた。隣にいる、あの子が「あおい」さんだろう。緊張しているのか、しきりにジャケットの裾を引っ張っている。

この坂はけっこう傾斜がきつい。佐門が隣を歩く彼女を気遣っていることが、背中に手を添えたり顔をのぞきこむような仕草から伝わってくる。

「あんたの夢、ちゃんと叶ってるやないか」

「え」

「だって『ほたるいしマジカルランド』の魔女の、ほら、なんやったっけ」

「ブルーサファイア?」

「そう。弟子を育ててるんやろ?　あんたと同じや」

淳朗さんの言う弟子とは、佐門や佑のことだろうか。それとも『ほたるいしマジカルランド』のスタッフ全員のことなのか。後者だったらいい。そんなすてきな仕事は、きっと他にない。

そうかなあ、と呟いた声が、ちょっと震えてしまって恥ずかしかった。市子は佐門たちを迎えるために、よっこらせと立ち上がる。ジェットコースターの走行音に続いて聞こえてくる人びとの歓声が、市子と淳朗さんのあいだをにぎやかなパレードのように通り過ぎていった。

寺地はるな（てらち・はるな）

1977年佐賀県生まれ。大阪府在住。2014年『ビオレタ』でポプラ社小説新人賞を受賞しデビュー。他の著作に『ミナトホテルの裏庭には』『月のぶどう』『大人は泣かないと思っていた』『夜が暗いとはかぎらない』『水を縫う』『やわらかい砂のうえ』『彼女が天使でなくなる日』『どうしてわたしはあの子じゃないの』などがある。

ほたるいし マジカルランド

2021年2月10日　第1刷発行

著者　寺地はるな

発行者　千葉 均

編集　吉川健二郎

発行所　株式会社ポプラ社

〒102-8519　東京都千代田区麹町4-2-6

電話　03-5877-8109（営業）

03-5877-8112（編集）

一般書事業局ホームページ　www.webasta.jp

組版・校閲　株式会社鷗来堂

印刷・製本　中央精版印刷株式会社

N. D. C. 913/283P/19cm　ISBN 978-4-591-16903-2

P8008326